作者简介

戴维·赫伯特·劳伦斯
(1885——1930)

二十世纪英国作家,是二十世纪英语文学中最重要也最具争议性的作家之一,主要成就包括小说、诗歌、戏剧、散文、游记和书信。他写过诗,但主要写长篇小说,共有 10 部,最著名的为《虹》(1915)、《恋爱中的女人》(1920)和《查泰莱夫人的情人》(1928)。

外国情感小说

牧师的女儿们

The Priest's Daughters

Foreign Classic Romantic Novels

〔英〕劳伦斯 著

黑马 译

人民文学出版社

图书在版编目(CIP)数据

牧师的女儿们/(英)劳伦斯著;黑马译. —北京:人民文学出版社,2017
(外国情感小说)
ISBN 978-7-02-013191-4

Ⅰ.①牧… Ⅱ.①劳… ②黑… Ⅲ.①长篇小说—英国—现代 Ⅳ.① I561.45

中国版本图书馆 CIP 数据核字 (2017) 第 191429 号

出版统筹　仝保民
责任编辑　陈　黎
特约策划　李江华
特约编辑　李宝新
书籍设计　李思安

出版发行　人民文学出版社
社　　址　北京市朝内大街 166 号
邮政编码　100705
网　　址　http://www.rw-cn.com

印　　刷　三河市祥宏印务有限公司
经　　销　全国新华书店等

字　　数　60 千字
开　　本　787×1092 毫米 1/32
印　　张　3.625
印　　数　1—6000
版　　次　2019 年 2 月北京第 1 版
印　　次　2019 年 2 月北京第 1 次印刷

书　　号　978-7-02-013191-4
定　　价　32.00 元

如有印装质量问题,请与本社图书销售中心调换。电话:010-65233595

The Priest's daughters

一

　　林德里先生是第一个来阿尔德克罗斯当牧师的人。这里的农舍仍像小村子初成时那样静卧于此。一到阳光明媚的礼拜天早晨，村民们就穿过街巷和田野去两三英里外的格雷米德教堂做礼拜。

　　可是，随着这里的煤矿得到开采，大路两边建起了一排排简陋的房子，住进了一批新居民。他们算得上是残渣废品般的劳工中脱颖而出的精兵强将。新房建成，新矿工来了，这些乡民和农舍就被人遗忘了。

　　为方便新来的矿民，得在阿尔德克罗斯建一

座教堂。由于经费短缺，小教堂建得很没样子，像一只驼背的石头泥灰老鼠蜷卧在村舍与苹果园之间的田野上，离大路边的新房子远远的。西边角上的两座角塔楼，看上去就像老鼠的两只耳朵。这个样子显得心有余悸、怯生生的。为了掩饰新教堂的猥琐模样，人们在它周围种上了些宽叶常青藤。这样一来，小教堂就掩映在绿叶丛中，在田野中昏睡着。而四下里的一座座砖房却缓缓向它逼近，大有把它挤垮之势。其实它不用别人挤，它早已自暴自弃了。

厄尼斯特·林德里牧师在二十七岁新婚不久就来主持这座教堂，这之前他在萨福克当副牧师。他只是个在剑桥读书并得了学位的普通青年而已。他妻子是剑桥郡一位教区长的女儿，是个自以为是的少妇。她父亲一年内把他的千元积蓄花得精光，一分钱也没给林德里太太。于是这一对新婚伉俪来到阿尔德克罗斯，靠大约一百二十镑的年薪维持一种优越的地位。

这些粗犷鲁莽、怨气冲天的新矿工居民对他们夫妇并不热情。林德里先生习惯了农民的生活，他认为自己无可争议地属于上层或有身份的人。尽管他对名门望族毕恭毕敬，但他总归是他们的一员，而与黎民百姓不是一个层次的人。对此他深信不疑。

他发现这里的矿工们并不接受这种安排。他们的生活用不着他，他们冷冷地这样告诉他。女人们只是说："他们忙着呢。"要么就说："唉，你们来这儿干吗呢？俺们又不信你那个教。"① 至于男人们，他只要不惹恼他们，他们就还算对他不错。他们对他的蔑视是通过嘻嘻哈哈的玩笑流露出来的，对这种成见他只能认了。

最初的愤懑演变成默默的厌恶，最终这种情绪变成了对周围群氓们有意识的仇恨和对自己无意识的仇视，他不得不把自己的活动范围局限于

①英国的市民和工人中有一批人是不信英国国教的新教徒，这些新教徒所属的主要教派包括：浸礼会、公理会、卫理公会、长老会、贵格会、惟一神教派和联合新教。小说中的林德里是英国国教的牧师，可见不受新教徒们的欢迎。当年劳伦斯故乡伊斯特伍德镇上的英国国教教徒主要是保守的中产阶级人士和乡民，劳伦斯认为这些人很势利。劳伦斯的父亲成家立业后就几乎不进教堂了，孩子们是跟随母亲参加公理会教堂的活动，应该说是在公理会教堂里长大的。

几户农家。他不得不忍气吞声。他总是靠自己的职位来获得在人们中的地位，一点脾气没有。现在他一贫如洗，甚至在这个区里的庸俗商人眼中也没有社会地位了。他不想同他们友好交往，这是性情使然；可他又无力在他愿意获得承认的地方树立起自己的威望来。那就只能脸色苍白、孤独自怜地离群索居，混日子而已。

最初他的妻子恼羞成怒。她摆出一副盛气凌人的架势来示威，骄横乡里。可她收入过于微薄了，应付商人的账单令她穷相百出，若再装腔作势就只能招来大家一通冷言讥讽。

她的自尊心受到了致命伤害，她发现自己在这个冷漠的人群中十分孤独。她开始在家里和家外大发脾气，可她很快就发现在家外发火是要付出惨重代价的，所以只能躲在家中闹一闹了。她的脾气太大，大得令她自己都恐惧。她发现自己仇视自己的丈夫，她甚至知道如果她不加小心，她就会毁了自己的生活，从而给丈夫和自己都带来灾难。意识到这种恐惧，她开始平静下来了，也全然被这种恐惧击垮了，痛苦不堪，只有这阴暗贫陋的牧师宅邸是她在世上唯一的避难所了。

每年生一个孩子,她几乎是机械地尽着母亲的义务,这纯粹是强加于她的。渐渐地,她被自己强烈的愤懑、痛苦和厌恶压垮了,终于病倒,卧床不起了。

孩子们倒是长得很健康,但他们得不到温暖,一个个很呆板。他们的父母对他们施以家庭教育,把他们教得傲慢而虚荣,从而残酷地把孩子们置于上层社会之中,不与周围的庸俗世界为伍。这样,孩子们生活得很孤独。林德里家的孩子个个模样秀气,一看上去就知道是那种穷酸而与人格格不入的斯文人家的孩子,干净水灵得出奇。

日复一日,林德里夫妇完全没了办法,一年到头苦苦地挣扎也只能混个勉强糊口,可仍旧不忘鞭策孩子们,用斯文优雅的标准要求他们,鼓励他们胸怀大志,给他们肩上压担子。礼拜日早晨,除母亲之外,全家人都去教堂。长身长腿的姑娘们穿着又瘦又小的上衣,男孩子们则身着黑衣,下身穿着不合身的灰色裤子。孩子们从父亲的教民面前走过,净洁的小脸儿上毫无表情,孩子气的嘴傲慢地紧紧抿着,像面临着什么厄运一样,幼稚的眼睛已经目空一切了。领头的是大姐玛丽,她又瘦又高,面容娇美,高傲纯洁的神情表明她志向高远。老二露易莎则长得矮胖,神态坚毅,她没什么志向,倒是有不少敌意。她负责照管小点的孩子们,玛丽则看管大点的。矿工们的孩子眼巴巴看着牧师家这些脸色苍白与众不同的一行人默默走过,他们感到与这几个穷酸的孩子格格不入。他们嘲笑那几个小儿子裤子不合适,其实是感到自愧不如,于是只剩下愤愤不平的份儿了。

后来,大姐玛丽就当了家庭教师,收了几个商人的女儿教着。露易莎则负责管理家务,来往于父亲的教民家庭之间,教矿工的女儿们弹钢琴,每上二十六节课收费十三个先令①。

①劳伦斯中学毕业后在诺丁汉城里的一家假肢厂当小职员,每天工作十二个小时,周薪是十三个先令。

二

在玛丽大约二十岁上的一个冬日早晨,瘦小无奇的林德里先生穿着黑大衣,头戴宽边毡帽,腋下挟着一叠白纸向阿尔德克罗斯走去。他是去分发教区年历的。

这个脸色苍白、表情木然的中年男子站在铁道口旁等着火车隆隆驶过开往矿井那边,这条铁路上火车整天咣咣作响。一个戴着木假肢的人拐拐达达地前来开闸门[①],让林德里先生过去。他左边的路基和道路下方坐落着一片村舍,透过光

[①]《恋爱中的女人》中看道口的工人也是个独腿、戴假肢的人。

秃秃的苹果树枝可以看到村舍的红屋顶。林德里先生穿过矮墙,走下踩塌了的台阶,朝村舍走去。灰暗的小村子,静卧在一个远离隆隆的火车和煤车的小小世界里,那里光秃秃的黑豆果枝干下一簇簇雪花莲静静地含苞待放。

牧师刚要敲门就听到一声响,他转过身,透过敞开的棚门,看到一个头戴黑边帽子的老妇人正弯腰在一堆红铁罐中忙着,她正往一只漏斗中倒清亮的液体。他闻到了一股煤油味。那老妇人放下罐子,取出漏斗放在架子上,这才手拿一只铁壶直起腰来。她的目光正与牧师的目光相遇。

"啊,是你呀,林德里先生!"她有点不高兴地说,"进屋吧。"

牧师进了屋,看到温暖的厨房里有位身材高大、一脸白胡子的老头坐着吸鼻烟。那老头声音低沉地咕哝一句什么,意思是请牧师落座,从此就不再理会他,自顾盯着火炉子出神儿。林德里先生坐在一旁等着。

老妇人又进来了,她的黑边帽子缎带垂到了披肩上。她中等身材,浑身上下透着整洁。她手提煤油罐上了台阶走出厨房。这时传来有人上台阶进屋的脚步声。这是一间小杂货铺,墙板架上摆着几个包,屋中间空地上放着一台老式大缝纫机,旁边堆着些活儿。女人走到柜台后面,给刚进来的女孩子递过一个煤油壶,又从她手中接过一个罐子。

"我妈说请您记下。"女孩子说完就出去了。老妇人在账本上记了一笔,然后拎着罐子进了厨房。这时那高大的丈夫站起身,给本已熊熊燃烧的炉中又添了些煤。他的动作缓慢而慵懒,一看就知道是个行将就木的人,长这么一副粗大身架,当裁缝显得笨重累赘。年轻时他是个出色的舞迷和拳击好手①,现在变得寡言少语、呆板迟钝了。牧师无话可说,试图没话找话。可是约翰·杜伦特却不睬他,自顾沉默一旁。

杜伦特太太铺好了桌布,她丈夫往自己杯子中倒了啤酒,一个人自斟自饮起来,边喝边抽烟。

①这个人物的外形似乎是取材于劳伦斯的祖父,他高大结实,年轻时是个拳击好手,后来来到矿区当了裁缝。而这座房子恰恰就是现实生活中劳伦斯祖父家的写照。

"您也来点?"他冲牧师咕哝一声,那句话像是从胡子中挤出来的一样,一边说一边把目光缓缓移到酒壶上。他脑子里也就这么一点事了。

"不,谢谢了。"林德里先生谢绝了,尽管他很想喝点啤酒。但在一个酗酒的教区里,他必须以身作则不喝。

"我们得喝几口酒才能挺住。"杜伦特太太说。

这女人怨声载道的,像谁欠她的。她在忙着摆桌子准备十点半的午点①,她丈夫坐起身准备就餐了。牧师坐在那儿浑身的不自在,那妇人却坐在炉旁的圆形扶手椅上一动不动。

这女人本是贪图安逸,可却命运不济,家庭生活乱糟糟不算,丈夫又天生懒惰,别人怎么样他都不关心,连自己也不知道自爱。这样一来,她那张相当漂亮的四方脸上便露出一股怨气,那神态看似一生中被迫不情愿地侍候人,总在无可奈何地压抑着自己。这女人身上还有一点特别之处,那就是一种哺育和管教儿子的霸气和自信。

①当地人在午饭前吃的一顿小吃。

不过,她连儿子们也懒得管。她倒是更喜欢经营她的小杂货铺,坐着拉货马车去诺丁汉,逛逛大货栈采购采购她要的东西。但她不爱管她的儿子们,嫌他们烦。她只喜欢最小的儿子,因为他是最后一个孩子,生完他,她就算解脱了。

牧师偶尔走访的就是这类家庭。杜伦特太太是依照教规把儿子们抚养大的。这倒不是因为她信教,这只是一种习惯而已。杜伦特先生也不信教,可他却极其上瘾地读着《约翰·韦斯利的一生》[①]这种狂热布道的书,从中获得了快乐,宛如炉边的温暖和酒中的醇香。但如果说他对约翰·韦斯利感兴趣,那就错了。事实上,他对他一点也没兴趣,就像对约翰·弥尔顿没兴趣一样,后者他连听都没听说过。

杜伦特太太把她的椅子挪到餐桌旁,叹口气说:"我什么也不想吃。"

"怎么,你不舒服?"牧师关切地问。

"那倒不是。"她叹息道。她紧闭着嘴坐了一

[①] 约翰·韦斯利(1703—1791),英国圣公会牧师,卫理公会创始人。

会儿说:"我是不知道我们的日子会变成什么样。"

牧师是个饱经磨难之人,不会轻易对别人表示同情的。

"遇上什么烦心事儿了?"他问。

"哼,我能有什么烦心的?"老妇人叫道,"我只能在救济院里了却残生了。"

牧师毫不动容地听她说话,心想,在她这富裕小窝里,她知道贫困是什么!

"我想不会的。"他说。

"我本想留一个孩子在身边的——"她悲叹道。

牧师置若罔闻。

"我老了还指望着他呢!天知道我们会落个什么下场?"她说。

牧师倒不信她哭穷,只是想知道那个儿子怎么样了。

"阿尔弗莱德出什么事了吗?"他问。

"我们听说他去皇家海军当兵了。"她恨恨地说。

"当海军了!"林德里先生惊叫道,"我想他能在海上为女王和国家效力，没比这更好的事了。"

"他该回来伺候我，"女人叫道，"我要我儿子守在家里。"

阿尔弗莱德是家中的老么，母亲对他溺爱有加。

"你会惦记他的，"林德里先生说，"这自不必说，可话又说回来了，他走这一步没什么可后悔的。"

"你是站着说话不腰疼，林德里先生，"她刻薄地说，"你以为我愿意让我儿子听喝儿，像猴子一样去爬绳子?"

"可，他是在海军里服役呀，这没什么脸上挂不住的吧?"

"什么挂得住挂不住的，"老妇人气哼哼地叫道，"他去了，让自个儿去当牛做马，他会后悔的。"

这女人又气又急，嘴头子又损，气得牧师一时语塞。

"我看不出，"牧师急扯白脸有气无力地反唇相讥，"为女王效劳倒跟下井挖煤一样给说成是当牛做马。"

"他在家里才自在，自个儿是自个儿的主子。我知道，他会发现当兵跟在家不一样。"

"没准儿他一参军还能出息了呢，"牧师说，"参了军，就甩了那些坏哥们儿，再也不酗酒了。"

杜伦特家的儿子里出了好几个臭名昭著的酒鬼，阿尔弗莱德也难说不会那样。

"这话说得，"母亲叫了起来，"他凭什么不能喝几杯？酒钱又不是偷来的！"

牧师被噎住了，他觉得这话中有话，是在暗示他的职业和仍然没付的账单。

"不管怎么说，平心而论，听说他当了海军，我很高兴。"牧师说。

"行了，林德里先生，就冲我一年比一年老不中用，他爸又不怎么干活儿，您还高兴？你还是去为别的事儿高兴吧。"

说着说着这女人就哭起来，可她丈夫对此无动于衷，吃完一顿肉饼又喝起啤酒来。随后他转身面朝炉子坐着，一副旁若无人的样子。

"反正我对那些在海上为上帝和祖国效力的人都肃然起敬，杜伦特太太。"牧师固执己见地说。

"说得好听，敢情干那脏活儿的不是你儿子，"女人尖酸地说，"不是自个儿的孩子，说出话来就是不一样。"

"要是我有个儿子当海军，我会为他感到骄傲。"

"算了吧，人跟人哪儿能一样呢？"

话说到这份儿上，牧师起身告辞，顺手放下一卷纸，说："我带日历来了。"

杜伦特太太打开纸卷看，脱口说："我就爱点颜色儿艳的。"

牧师没理她。

"带上给钢琴师的捐款。"女人说着起身从壁炉台上拿了装钱的信封进到店里去，回来时信封已经封了口。

"我只能出这么多了。"她说着递过信封。

林德里先生走了出来，衣袋里装着杜伦特太太给露易莎小姐教钢琴的报酬。他就是这样挨家挨户地上门去送年历，这是老一套了，十分无聊。最教他感到烦恼的是他得跟那些半生不熟的人一遍遍打招呼。送完年历，他总算回到了家。

饭厅里炉火不太旺。林德里太太正歪在沙发椅上，她这几年可是越来越胖。牧师正在切着冷羊肉，矮胖的露易莎红光满面地从厨房走了进来，玛丽小姐则端了蔬菜上来，这姑娘肤色偏黑，却长着洁净美丽的前额和漂亮的灰眼睛。小孩子们小声说着话，可他们并不那么高兴。这屋里的气氛似乎很不热烈。

"我刚到过杜伦特家，"牧师一边递着一份份的羊肉片一边说，"听话茬儿，好像阿尔弗莱德是偷着跑去当海军的。"

"当兵对他有好处。"病恹恹的林德里太太粗声粗气地说。

露易莎正在照料最小的孩子，听到此，抬眼看看母亲，表示不爱听。

"他干吗这样儿啊？"玛丽问，那声音低沉而好听。

"可能是寻点刺激吧，"牧师说，"咱们感恩祷告吧。"

孩子们都坐好低下头去感恩祈祷，祈祷一完

就又都抬起头来听父母谈他们爱听的那件事。

"他也就这回做了件正事,"母亲声音低沉地说,"省得像他那几个兄弟一样成为酒鬼。"

"他们家也不人人是酒鬼呀,妈。"露易莎噘嘴说。

"就算他们不是酒鬼,那也不说明他家教养好,瓦特·杜伦特可是丢人现眼出了名。"

"我跟杜伦特太太说了,"牧师狼吞虎咽地吃着说,"他这么做算是最佳选择。他这个年龄正是最危险的时候,正好走得远远的,省得受诱惑干坏事。他多大了?十九?"

"二十。"露易莎说。

"都二十了!"牧师重复道,"当兵对他大有好处,让他遵守纪律,树立责任感和荣誉感,没有比这再好的事儿了。不过——"

"不过,唱诗班缺了他,我们会想他的。"露易莎说,那口气像是与父母意见相左。

"可能吧,"牧师说,"可我宁可听说他在海军里平安无事,也不愿眼看着他在这儿染上坏毛病。"

"他染上什么坏毛病了?"露易莎执拗地问。

"你又不是不知道,露易莎,他跟从前不一样了。"玛丽不紧不慢地说。露易莎闻之耷拉下脸来。她想否认,可她心里又明白玛丽的话不错。

在她心目中,那小伙子是个善良、有感情的乐天派,他总教她感到心里热乎乎的。自打他走了,仿佛这些天天气都变冷了。

"没有比这么做更好的了。"母亲又加重语气说。

"我也这么看,"牧师说,"可我刚这么说,他妈就差点哭起来。"听他的口气挺委屈似的。

"她关心孩子们什么了?"女人说,"她只想着他们的工资。"

"我觉得她是想让儿子在家陪她。"露易莎说。

"没错儿,她是这么想的,可那会让他像那哥儿几个一样学会酗酒。"母亲反驳说。

"杜伦特家的乔治就不喝酒。"女儿不服气地说。

"那是因为他十九岁上在井下让火烧了个半

死,他吓坏了。当海军把酒戒了总比挨一次火烧再戒酒强得多。"

"没错儿,"牧师说,"一点不错。"

对此,露易莎同意了。可是她对小伙子一下子离去许多年感到气愤。她也才十九岁呀。

三

玛丽小姐二十三岁那年,林德里先生得了场大病。那时家里穷到了极点,用钱的地方太多,进项儿又太少。玛丽和露易莎小姐还没有求婚者呢,她们哪儿来那样的机缘?在阿尔德克罗斯她们一个够格儿的小伙子也遇不上。而她们挣的那点钱不过是大海中的一滴水罢了。这种没完没了的贫寒和无望的苦挣,生命空虚得可怕,让姑娘们寒心了,也麻木不仁了。

林德里牧师卧病不起,就得另请一位牧师来主持教堂的工作。恰巧,他一位老朋友的儿子正赋闲家中,要三个月后才去上任做牧师。他表示愿意无偿地来此地教堂工作。人们都热切地盼这小伙子来呢。他二十七八岁,是牛津大学的硕士,论文是罗马法方面的。他出身于剑桥郡一个世家,有些私房钱,还没成家呢。他要去北安普顿郡的一个教堂供职,薪金不菲。这时林德里太太又举新债,压根儿不在乎丈夫病不病,该借还得借。

待马西先生驾到,林德里一家人不禁大失所望。他们期盼中的是个手执烟斗,声音浑厚,比家中大公子悉尼举止文雅的年轻绅士。可来人却瘦小枯干,架着眼镜,比十二岁的孩子大不了多少。他腼腆至极,相见无语,可又那么自负。

"真是个小怪物!"林德里太太第一眼见到这位紧扣教士服的年轻牧师,心里就暗自大叫起来。也因此她这些天来头一回感谢上苍赐给她的孩子都这么模样儿可人。

这年轻牧师没有正常人的感知能力。他们很快就发现他缺乏健全的人的感情,可思辨能力很强。他是靠这活着的。他的身材之纤小,叫人匪夷所思,可他却心智不凡,他一加入人们的谈话,就立即变得左右逢源、抽象高妙起来。没有由衷的惊叹，没有强调真理，也没有什么个人信念的表达，只有冷淡和理智的陈述。这让林德里太太无法接受。她每说一点什么，这小个子男人就会看看她，声音细弱地斟词酌句一番，教她顿觉如坠五里云雾，恨不得在地上寻缝钻将进去。她感到自己是个傻瓜，干脆三缄其口算了。

可是，她内心深知，这是个尚未婚配的绅士，他很快就要拿上六七百镑的年薪了，管他人怎么样，手头宽裕就行！这人可真是一块天上掉下来的馅饼。这二十二年算是把她的情调儿全磨光了，只剩下贫困折磨的痛苦了。所以，她看中了这个小个子男人，认为他算得上挣体面钱的表率。

这人有个顶顶讨人嫌的毛病，那就是，一经发觉别人的反常荒唐处，他就会自顾嘿嘿讪笑起来。要说他还有点幽默，也就是这自顾自地笑了。脑子笨的人在他看来简直要笑死人。任何小说在他看来都无聊、无意义，而对于正话反说之类的幽默，他则报之以好奇，继而像解数学题一样分析之，或者干脆置若罔闻。他简直就无法与人结成正常的人际关系。他无法加入简单的家常话中，人家说话时他要么在屋里默默踱步，要么坐在饭厅中紧张地左顾右盼，总是离群索居在自己那冷漠稀薄的自我小世界中。他时而做一番嘲讽的评论，却听似无关紧要，要么就发一声干笑，听着又不像笑，倒像嘲弄。他不得不维护自己的形象，避免露怯，在回答问题时便惜言如金，只答是与不是。其实这说明他不解其意，内心紧张。在露易莎小姐看来，他甚至分不清张三李四，可他却靠近她或玛丽小姐，和她们的接触在不知不觉中教他振作。

除了这些缺点，他工作起来可最令人起敬了。他人虽然腼腆得不可救药，可工作起来却绝对恪尽职守。他能理解基督教教义，是个彻底的基督教徒。能为别人做的事他绝不推诿，尽管他是那么无力与人交流沟通，也帮不了人家什么忙。这不，他现在就在精心照料病中的林德里先生，细心摸清他管辖的教区和教堂事务，理清账目，开列出贫病人员的名单，走东家串西家，想为大家做点什么。他听说林德里太太为儿子们发愁，就开始想办法送他们去剑桥念书。这番古道热肠几乎令玛丽小姐心生恐惧。她对此充满敬意，但又敬而远之，这是因为，马西先生做这一切时，似乎没意识到人的存在，没意识到他帮助的是人。他仅仅是像解数学题一样来解决已有的难题，干的是精打细算的善事。还有，他似乎是把基督教教义当成了准则。他要信仰什么，非得经过一番深谋远虑抽象思索认可，然后这才变成他的宗教信仰。

对他的所作所为，玛丽小姐是崇敬的。为此，她决定要照顾好他。她强迫自己这样做，唯唯诺诺的，一心想干好。可他并不明白她的心。她陪伴着他遍访教民，表情冷漠，但心里很崇敬他，不时为眼前这个缩着肩、大衣扣子直扣到下巴上的小个子动了恻隐。她模样儿周正，举止文静，高挑个儿，文静中透着漂亮，但她的衣着挺寒碜，围一条黑丝巾，身上不着一件毛皮衣服。可她怎么也算是个大家闺秀。人们看到她陪伴马西先生在阿尔德克罗斯街上走过，就会说："天哪，玛丽小姐可算赚了。你们见过这样一条病恹恹的小虾米吗？"

她知道他们在如此这般地说她，这让她不免

怒火中烧，为此她更靠近了身边这个小个子，似乎是要保护他。管他们说什么，反正她能懂他的优点，并懂得尊重他。

他既走不快，也走不远。

"你一直身体不好吗？"她问，不卑不亢的。

"我内脏有毛病。"

说这话时他并没注意到她微微颤抖了一下，沉默中她低下头恢复了镇静，又开始温顺地对待他了。

他喜欢玛丽小姐，玛丽为了热忱地照料他，定下了规矩：他巡访教民时，要么她亲自陪同，要么由妹妹陪伴，尽管这样巡访的次数并不很多。不过有些上午她是不能得空儿的，这时就由露易莎代替她了。而露易莎小姐无论怎么努力，也做不到像对待女王那样对待马西。她无法敬重他，心中只有反感。每当她从他背后看去，发现这个小罗锅儿与病恹恹的十三岁男童别无二致，就十分厌恶他，恨不得弄死他算了。但是，玛丽十分有正义感，这教露易莎不得不在姐姐面前自惭形秽起来。

那天,他们要去看望杜伦特先生,他瘫在床上,快死了。露易莎要陪这个小矮子牧师去,为此感到莫大的羞辱。

倒是杜伦特太太面对真正的麻烦时显得一派平静。

"杜伦特先生怎么样了?"露易莎问。

"还那样儿,我们也没指望他缓过点来。"回答是这样的。

那矮个儿牧师站立一旁观望。

他们上了楼,三个人站立床边看着那老人枕在枕头上的灰白头颅和被单上露出的花白胡子。此情此景教露易莎小姐大为震惊害怕。

"这太糟糕了。"她打了个冷战说。

"我早就这么想过,会是这样的。"杜伦特太太说。

听了这话,露易莎对她顿生畏惧。两个女人很不自在,都等着马西先生开口说点什么。可这个矮罗锅儿却很紧张,干站着不说话。

"他还清醒吗?"他终于问。

"可能吧,"杜伦特太太说,"听得见吗,约翰?"

她大声问道。那僵在床上的人蓝色的眼睛呆滞无力地看着她。

"还行,他听明白了。"杜伦特太太对马西先生说。除去那眼中呆滞的目光外,这病人全然跟死了一样。三人静立一旁不语。露易莎小姐尽管倔强,可在这死气沉沉的气氛重压下,也不禁心情沉重起来。是马西先生在影响着她,教她本本分分地待在那儿,他那非人的意志把大家全控制住了。

随后,他们听到楼下的响动,是个男人的脚步声,一个男人在低声叫着:"妈,你在楼上吗?"

杜伦特太太一怔,走到门口。但那人已经步伐坚定地迅速跑上楼来了。

"我差点赶不上,妈。"那不安的声音响过后,他们看到楼梯平台上出现了那个水兵的身影。他母亲过去,扑向了他,她是突然意识到她要依靠个什么。他搂住她,低头去吻她。

"他还没过去吧,妈?"他急切地问道,试图控制住自己的声调。

露易莎小姐的目光从那站在平台阴影中的母

子俩身上移开了去。她和马西先生在场并目睹这情景,这一点教她无法忍受。马西先生显得紧张,似乎让母子二人流露的感情弄得很不自在。他是个见证人,浑身紧张,他无意看到这一切,因此显得很麻木不仁。而在古道热肠的露易莎看来,她和马西的在场似乎是万万不该的。

这时杜伦特太太走进卧室,脸上的泪还没干。

"露易莎小姐和牧师在这儿。"她颤抖着哽咽道。

她那个红脸膛儿、身材颀长的儿子忙挺直身子敬礼。露易莎忙把手伸了过去。这时她发现他那双淡褐色的眼睛露出认出了她的神情,随后他咧嘴笑笑,露出一口白白的小牙,这种打招呼的样子正是她过去喜爱过的。一时间她感到不知所措了。他绕过她向床边走去,靴子在灰渣地上咔咔作响。他颇为庄重地低下头,手抚着床单抖着声音问:

"您好吗,爸爸?"可那老人却视而不见地死盯着他。儿子一动不动地站了好几分钟,才缓缓地退开。这时，露易莎看到，他喘息时，蓝色水兵服下胸脯的线条很美。

"他认不出我了。"他转身对母亲说，脸色渐渐发白。

"不会的，我的儿。"母亲叫着，可怜巴巴地抬起头。突然，她的头伏在他肩上，他忙俯身抱住她，任她失声痛哭了一会儿。露易莎发现他的身子抽动着，啜泣出声，不禁转过身去，泪流满面。那老父亲仍然僵直地躺在白色病床上。马西先生在那个皮肤黝黑的水兵身影映衬之下，显得那么古怪、黯然、渺小。他是在等待。露易莎小姐此时只想去死，一了百了，绝不敢回头去看一眼。

"我要不要做祷告？"牧师细声细气地问。大家便闻声跪了下去。

露易莎让床上那个僵死的人吓坏了。随之，听到马西先生细声细气漠然的祈祷声，她心头亦闪过恐惧。平静下来之后，她抬起头来。床的那一边露出母子二人的头来。一个头戴黑色花边帽子，帽子下面露出细小的后脖颈来；另一个一头褐色头发，发丝焦黄干枯，密密麻麻如缠绕一团的金属丝，脖颈晒得黝黑，很硬朗，极不情愿地低着头。那老人的一大把花白胡须仍然纹丝不动。祷告仍在进行着。马西先生的祷告声流畅而清晰，使得人们不由自主地要服从于神的意志。他就像是在统治着所有这些低着的头颅，毫无激情但却坚定地统领着他们。他这样子教露易莎感到害怕。但在整个祈祷过程中，她又不能不对他生出敬畏来，这就像是在预先感受无情冷酷的死亡，领教纯粹的公理。

那天晚上她对玛丽讲起这次造访。她的心和她的血脉，一想到阿尔弗莱德·杜伦特双臂抱住他母亲的情景，就全然为之占据。还有，她一遍又一遍回想起他哽咽的声音，每念起，那声音都会像一股烈火燃遍她全身。她想用心把他的脸看得更清：让阳光晒得黑红的面颊，黄褐色的眼睛里目光曾是那么柔和、无忧无虑，现在却充满了恐惧，透着紧张的神情，还有那只让太阳烤红了的漂亮鼻子和那张一见她就不禁莞尔的嘴巴。一想到他那挺拔优雅充满活力的身躯，她便禁不住感到骄傲。

"他是个漂亮的小伙子。"她对玛丽说,那口气,似乎他并不长她一岁。言外之意是她对毫无人味的马西先生深怀恐惧,甚至是仇视。她觉得自己应该保护自己和阿尔弗莱德不受马西先生损害。

"马西先生在那儿,"她说,"一觉出他在场,我就恨。他凭什么在那儿!"

"当然,他最有权力在那儿了,"玛丽小姐沉默片刻说,"他可是个真正的基督徒。"

"在我看来,他倒跟弱智儿差不多。"露易莎说。

漂亮文静的玛丽小姐沉默片刻说:"哦不,他可不是弱智——"

"得了吧,他让我想起六个月甚至五个月的婴儿来,倒像是没长好就早产了似的。"

"不错,"玛丽说,"他是缺点什么。可他也有他了不起的地方。他实在是个好人——"

"那倒是,"露易莎小姐说,"可是他看上去并不像。他凭什么让人拿他当好人?!"

"可他就是好嘛,"玛丽坚持说,随后又笑着补充说,"行啦,你怎么也不能否定这一点。"

她的话音中透着固执。她自顾沉静地打着转。她心里知道将要发生什么。她知道马西先生比她强壮,她必得屈从于他。在肉体上,她比他强壮,为此感到高他一头,她肉体的自我很是看不上他。但在精神上她却受着他的钳制。她明白留给她的时间还有多久,全家人都看着她呢。

四

　　几天后,老杜伦特先生死了。露易莎小姐又见到了阿尔弗莱德,可他在她面前显得僵化,并没把她当人看待,而是把她当成高于他的某种强有力的意志,而他像另一种意志站在她面前。她从来未曾感到自己如此这般地与别人决然隔离着,这样被一层钢板隔离的感觉教她又困惑又恐惧。他这是怎么了?她真恨军队上的训练,恨透了,它让阿尔弗莱德变了一个人。他变成了一个意志,屈从于凌驾他之上、与他作对的意志。这一点,令她难以认可。他让露易莎感到可望而不可即。现在,他是把自己放在一个低下、屈从于她的位置上,以此来躲她,避免同她有什么联系。于是,他便这样漠然以对,完全像低她一等的样子。

她感到匪夷所思,落寞地独自苦思冥索。她那颗发狂、固执的心无法不想,它不肯放弃自己的思想和权力。有时,她干脆不去想他,凭什么为一个比她低下的人生出烦恼?

可她还会再想起他来,几乎要恨他。他就是用这种法子来逃避她的。她觉得他这样做纯属懦弱。他平静地把她摆在高人一等的阶级中,把自己摆在低一等的位置上,远离她,让她无法接近自己,仿佛这个爱着他的活生生的女人根本不算数似的。但她绝不让步,一心要咬住他不松口。

五

不出半年工夫，玛丽小姐就嫁给了马西先生。他们根本就没有谈恋爱，也没人对这桩婚姻品头论足。不过，人们都冷漠地注视，期待着。那天马西先生向玛丽求婚，这小男人那微弱干涩的声音竟令林德里先生浑身颤抖起来。马西先生显得十分紧张，但口气又是那样奇特地不容置疑。

"我感到十分高兴，"牧师说，"不过，主意要玛丽自己来拿。"说着，他在桌上移动《圣经》的纤手还在发颤。

这个小个子男人决心已下，走出屋去找玛丽小姐了。他在她身边坐了半天，听她说了一会儿，这才开口说话。玛丽对即将到来的事感到害怕，直挺挺坐着，心里惘惘的。她感到似乎自己的身子会挺起来把他挤到一边去。可她的心却颤抖着，等待着。她几乎是在企盼着，几乎求告他了。这时她知道，他就要开启尊口了。

"我已经向林德里先生求过了。"马西牧师说。这时，她突然扭头去看他小小的膝盖。"求他降尊接受我的求婚。"他深知自己的短处，不过他是铁了心了。

她越坐越冷漠、越无动于衷，几乎像石头一样了。他紧张地等待着。他是不会去说服的，他本人都不曾听到过说服的话，他只顾走自己的路。他看着她，对自己充满信心，但吃不准她的心思。他开口说：

"做我的妻子，行吗，玛丽？"

她的心依旧冷漠、无动于衷，自顾骄傲地端坐着。

"我得先问问妈妈再说。"她说。

"那好吧。"马西先生说，一转眼他就走了出去。

玛丽去找母亲，心情冷淡，表情漠然。

"马西先生求我嫁给他呢，妈妈。"她说。林德里太太依旧眼不离书，毫无表情。

"嗯，那你怎么说？"

这两人都保持着镇静和冷漠。

"我说我要先问问您再回答他。"

这等于是在提问一样。可林德里太太并不想回答，便在长沙发上焦躁地移动起自己沉重的身子来。玛丽小姐双唇紧闭，镇静地端坐着。

"你父亲认为你们是不坏的一对儿。"母亲似乎心不在焉地说。

然后再也无话，两人都三缄其口。玛丽小姐没跟露易莎小姐谈这事，而厄尼斯特·林德里牧师则退避三舍。

当晚，玛丽小姐接受了马西先生的求婚。

"好吧，我嫁给您。"她说着，甚至向他表露出几分柔情来。

这让他不知所措，但心中欢喜。她看得出他在向她靠近，能感到他身上的男人味儿，感到他流露出的某种阴冷和得意。她自顾端坐着等待。

露易莎获知此事后,虽沉默不语,但心中对谁都恨恨的,甚至对玛丽也是这样。她感到自己的信念受到了伤害。难道她心目中真正的东西竟可以这样无所谓吗?她想逃走。她想到了马西先生,这人身上有某种奇特的力量,某种难以言状的力量。他有某种他们无法扭转的意志。想到这儿,她突然感到一阵脸热。如果他来找她的话,她会把他轰出门去。他永远也别想碰她一下儿。想到此,她开心了。高兴的是,她的血会高涨,只要他靠她太近,不管他怎样摧毁她的判断力,不管他是个怎样好的人,她的血都会淹死他。她觉得这么个开心法儿有点变态,可她依旧开心。"我会把他轰出门去。"她说。为说出这句开诚布公的话感到心满意足。也许,她应该感到玛丽是个比她自己品位更高的人。但玛丽是玛丽,她是露易莎,这一点也是无法改变的。

嫁给马西后,玛丽也试图变成他那样纯粹理性的人,没有情感和冲动。她把自己封闭起来,对开始感到的痛苦、受到的羞辱和伤害带来的恐惧报以木然冷漠。她不要感知,就是不要。她成了一种纯粹的意志，对他听之任之，她选择了某种命运。她要做个善良和纯洁正直的人，她会生活在一种她不曾领略过的自由中，摆脱世俗的顾虑。她一心一意要得到自己的权利。她把自己出卖了，但她获得了新的自由。她摆脱了自己的肉体。她把自己的肉体这个低等的东西出卖了，换取了更高尚的东西，那就是摆脱物质后的自由。她认为她为自己从丈夫那儿获得的一切付出了代价。因此，她以一种独立之身，骄傲而自由地活着。她是用自己的肉体作代价的，从此不再想它，她很高兴摆脱它。她换取了她在这世上的一席之地，这是理所应当有的了。剩下的，就只是去行善，过高尚的精神生活。

她极难容忍别人与她和她丈夫同时出现在同一个场所。她的私生活是她的一大耻辱。但她可以做到秘而不宣。她住在离铁路几里远的小村牧师住宅里，几乎是与世隔绝。看到一些人对她丈夫表示厌恶，像看待"病例"一样用那种特殊的眼神看他，她感到很痛苦，似乎这是对她肉体的羞辱。不过，大多数人在他面前还是神魂不安的，这总算让她恢复了点自豪。

如果让她由着性子来,她会恨他,恨他在屋里转来转去的样子,恨他那缺少人味的尖细嗓音,恨他的小罗锅儿,恨他那张没长开的脸,它令她想起早产儿来。但她强使自己守着妇道,照料他,公平地对待他。她同样在内心深处怕他,感到自己像奴隶。

他的举止上倒也挑不出什么毛病。照他的做人标准,他可是个十分公正善良的人了。可他的男人味却表现为冷漠,自我,十分的霸道。别看他个子矮小,身子骨儿虚弱,发育不良,这种秉性却是她始料不及的。这是这笔交易中她弄不明白的一件事。她因此干脆不去想它,相安无事拉倒。但她隐隐觉得她是在戕害自己。说到底,她的肉体并不是那么容易说摆脱就摆脱掉的。可她却想过这样轻易把它打发掉,唉,有时她真想挺身去死,举起手来,一挥,把一切都毁掉拉倒。

他对自己所处的环境几乎秋毫无察。他对家务事不闻不问,而她在家中可以为所欲为。的确,她在很大程度上摆脱了他。他可以独自悄无声息地坐上个把小时。他很善良，很周到，甚至显得牵肠挂肚的。可一旦他认为自己是对的，他就会盲目而固执，那种男人气颇像一台冰冷的机器。在很多问题上，他都是逻辑上正确，或者他的主张两人都能接受。就是这样，她没有什么可反对的。

不久，她发现自己怀孕了。从此第一次在上帝和男人面前感到了恐惧。这是她注定要经历的，这是女人之道。孩子出生了，是个漂亮健康的婴儿。她双手捧着孩子，心里止不住一阵酸痛。她那受到蹂躏、一直沉默的肉体将由这个男孩儿来代言。无论如何，她要活下去，尽管活下去远非易事。没有什么是彻底完结了的，她一遍又一遍地端详这孩子，看得几乎要恨起来，可又因着爱而倍感苦涩。她恨他，因为他使得她在肉体上又复活了。当她难以在肉体上活着时，她不要复活。她只想蹂躏她的肉体，贬低它，消灭它，只生活在精神中。可现在有了这个孩子，这太残酷、太折磨人了，因为她必须爱这个孩子。她的目的又碎成了两半。没有目标、没有方向，她并非是真的存在。作为母亲，她沦落为一个破碎卑贱的东西了。

本来没什么人之感情的马西先生，现在却对"他的孩子"这个念想着了迷。孩子的降临，突然占据了他的全部感情世界。这孩子成了他牵肠挂肚的事，让他一心为孩子的安全和健康担忧。这可是件新鲜事，似乎他自己成了个赤裸裸的新生儿，全然能意识到自己的赤裸，为此满心恐惧。他这个一生中漠视他人的人，现在一心关注起这孩子来了。他倒也没有跟他玩耍、亲吻他或照料他。他什么也没为这孩子做。但这孩子就是支配着他，既充满了他的心同时又令他脑子一片空白。对他来说，全世界上就只有这孩子了。

他妻子同样还要忍受他这样的问题："他为什么要哭呢？"孩子刚一出声，他就会提醒说："玛丽，孩子有动静了。"喂食时间刚过五分钟，他就会焦躁不安起来。这些，玛丽都要忍受。她这是自找，所以现在她必须听之任之。

六

在黯淡的牧师住宅里,露易莎小姐正为姐姐的婚姻感到痛苦万分。订婚时她就大叫着反对这桩婚姻,却让玛丽一句平静的话给封住了口:"露易莎,我不同意你对他的看法,我非嫁给他不可。"从此露易莎就心存深深的怨恨,三缄其口了。这种岌岌可危的情形令她内心发生了变化。因为反感,她便疏远了死心眼儿的玛丽。

"我宁可光着脚沿街乞讨也不嫁那个人。"一想到马西先生,露易莎就会这么说。

但是玛丽会以另一种方式显示自己的勇气。因此,实事求是的露易莎便突然感到她的偶像玛丽出了毛病。玛丽怎么可能纯洁无瑕呢？一个人是不可能行为龌龊而精神高洁的。露易莎不再相信玛丽精神高洁了，不再相信她真诚了。如果玛丽是个超凡脱俗但误入歧途的人，父亲为什么不保护她呢？那是因为他图钱。他并不赞成这桩婚姻，可他却退却了，就是因为他图钱。母亲则明显地对此漠不关心：她的女儿们可以自行其是。她母亲是这样宣称的：

"别管马西出什么事，反正玛丽的日子有着落了。"如此昭著而浅薄的算计，激怒了露易莎，她忍不住叫道："我宁可进工厂干活，有个着落，也不这么结婚。"

"那是你父亲该管的事。"母亲粗暴地噎她。这句旁敲侧击的话很是刺伤了露易莎小姐，为此她简直恨透了母亲，也有些恨起自己来，这股怨气憋在她心中好久了，不住地在往上拱啊拱的，到最后她终于说了出来：

"他们错了，他们全错了。他们碾碎自己的灵魂，换来的是一钱不值的东西，他们心中压根儿就没有一丁点爱。我可是要有爱的。他们想让咱们也否认世上有爱,是因为他们从来没有见过爱,他们想让咱们说爱压根儿不存在。可是我就是要有爱,我还要去爱,这是我天生的权利。我爱哪个男人我才会嫁给他,我最上心的就是这个事儿。"

露易莎于是变成了孤家寡人。因为马西,她跟玛丽掰了。在露易莎眼里,玛丽嫁给马西纯属自甘堕落。她真是不忍去想那个有着高尚理想的姐姐怎么会如此在肉体上自轻自贱。玛丽这一步走的,真个是错、错、错!她优越什么,她被玷污了,毁了。姐妹二人从此不睦。她们的确相互爱着,一生都爱着,但她们分道扬镳了。倔强的露易莎感到心头又增添了新的沉重,不禁阴沉起脸来。她要走自己的路了。可路在何方?前方的世界虚无缥缈,令她深感孤独。她怎么才能算得上找到了自己的出路?但是,她铁了心要去爱,要得到她所爱的男人。

七

儿子三岁那年,玛丽又有了个孩子,是个女儿。那三年过得很无聊,既像一辈子,又像一场梦。她说不上像什么。只是,她总感到头顶上负着某种重压,在压迫她的生命。唯一出过的一件事,是马西先生动了个手术。他总是瘦弱不堪,他妻子很快就学会了按部就班地照料他,把这当成了她的一份义务了。

不过生下女儿的这第三年上,玛丽感到压抑沮丧。圣诞节越来越临近了,牧师住宅里的圣诞节是黯淡乏味的,每一天都是那样千篇一律地淡然无光。玛丽很怕,似乎觉得那黑暗正向她压下来。

"爱德华,我想回家去过圣诞。"她说着,不禁感到心中生出了恐惧。

"可你不能把孩子扔下呀。"丈夫眨着眼说。

"我们都去。"

他想了想,若有所思、静静地盯着她。

"干吗想走?"他问。

"因为我想换换环境,那样会对我有好处的,对养奶也有益。"

他听出了妻子话中的坚决,颇为茫然。她说的话丈夫并不很明白,但他冥冥中感到玛丽是铁了心了。自玛丽生儿育女始,无论是临产前还是哺育婴儿,他都把她当成一个特殊的人。

"带孩子坐火车会不会伤着她?"他问。

"不会,"做母亲的说,"怎么会呢?"

他们上路了。上火车后,天开始下雪了。从他坐的一等车厢的车窗向外看去,这小个子牧师凝视着大片大片的雪花从窗前掠过,像一道窗帘横贯田野。他一心只想着孩子,生怕车厢里的穿堂风吹着她。

"坐在角落里,"他冲妻子说,"搂紧孩子,靠里。"

她照他的话往里挪了挪,目光扫向窗外。他的存在总像一块铁秤砣压在她心头。现在总算可以躲避他几天了。

"坐那一头,杰克,"父亲说,"那儿风小点,来,坐到这扇窗边来。"

他焦虑地看着儿子。可他的孩子却是这世上拿他最不当回事的人。

"看啊,妈妈,你看!"儿子叫,"正好飞到我脸上了——"他指的是落在脸上的雪花。

"那就坐到这个角落来。"父亲又说,那声音像来自另一个世界。

"这一片儿跳到这一片儿上头,妈,它们又一块儿溜下去了!"儿子欢快地跳着脚说。

"让他坐这边儿来。"小个子男人在叮嘱老婆。

"杰克,到这块垫子上来。"母亲白皙的手拍拍那垫子说。

儿子照她说的,默默地蹭过来。待了一会儿,他故意尖着嗓子叫：

"看犄角儿里呀，妈，雪都堆成堆儿了。"他的手指头演戏般地抚着窗棂、指着雪花儿说，随后虚张声势地冲母亲转过身来。

"堆成堆儿了！"她也叫道。

儿子看到了母亲的表情，得到了她的反应，心有点定了下来。尽管他心里还有点不安，但他再一次确信他得到了母亲的关注。

他们下午两点半到了牧师住宅，连午饭都没吃。

"你好呀，爱德华。"林德里先生虚与委蛇一番，摆出一副岳父样儿来。可跟这个女婿到了一起，他总感到错位，因为他自叹不如。因此他尽量视而不见，闻而不知其声。老牧师看上去苍白瘦削，形销骨立，灰头灰脑的。不错，他还是那么傲气。不过，随着孩子们一天天长大成人，这股子傲气已经日薄西山，随时都会枯竭，他只能变成一个穷困潦倒的可怜角色。林德里太太一门心思只注意她的女儿和外孙子外孙女，毫不在意她的女婿。露易莎小姐则咯咯笑着逗孩子们玩儿。马西先生站在一旁，驼背的样子显得他挺尬。

"噢，美人儿，小美人儿！小冷美人儿坐火车来了！"露易莎小姐一边逗着小婴儿，一边蹲在炉前毯上解开白羊毛襁褓，让婴儿的身子烤烤火。

"玛丽，"小个子牧师说，"我觉得最好给婴儿洗个热水澡，免得她冻着。"

"我倒觉得没这个必要，"孩子妈说着，过来用手小心地捏捏小东西粉嘟嘟的手脚，"她不冷。"

"一点也不冷，"露易莎叫着，"她没着凉。"

"我这就去拿她的尿布来。"马西先生一门心思地说。

"我到厨房里去给她洗吧。"玛丽换了一副冰冷的口气说。

"不行，女佣在擦洗那儿呢，"露易莎说，"再说，孩子这时候也不需要洗澡啊。"

"最好洗一个。"玛丽平静地说，她听丈夫的话。这样子颇令露易莎恶心，也就不言语了。小个子牧师臂上搭着法兰绒尿布缓缓走下来时，林德里太太说：

"你是不是也洗个热水澡，爱德华？"

林德里太太话中带刺儿，可马西先生却闻而不知其声，因为他正一门心思准备给孩子洗澡呢。

屋内光线昏暗，陈旧破烂，相比之下，屋外的雪景倒像个童话世界了：草坪上的雪一片洁白，灌木上也粘着一挂挂的积雪。屋里墙上挂的几幅死气沉沉的画儿，看不大清画的都是什么，四下里昏暗一片。

只有壁炉前让火光映得亮一些，人们把澡盆安放在炉前地毯上。马西夫人的黑发仍像平时那样梳盘得光顺，一派贵妇人气。她跪在澡盆边，腰围一条皮围裙，抱住手脚乱蹬的孩子。她丈夫站在一边，手握毛巾和绒布去炉前烘热。露易莎心中恨恨的，没心思分享给孩子洗澡的乐趣，自顾去摆桌子。那男孩儿正手抓门把儿吊在门上，奋力拧着把手想开门出去。他父亲扭身看到他，便说：

"离开门儿，杰克。"可他的话等于白说，杰克自顾拧得更使劲儿，跟没听见一样。马西先生忙向他瞪起眼来。

"玛丽，他必须离开门，"他说，"门一开穿堂风就进来了。"

"杰克,离开那儿,乖啊。"母亲说着手脚麻利地把浑身水湿的婴儿放到她膝盖上的毛巾里,然后回头望望,说:"去跟露易莎姨妈说说火车上的事儿。"

露易莎也怕那门开了,就站一边看着炉前地毯上的人们。马西先生手持绒布立在一旁,像是在协办什么仪典。如果不是因为人人心中生着闷气,这一景儿倒也颇为可乐。

"我想看看窗户外头嘛。"杰克说。他父亲忙转过身不理他。

"露易莎,把孩子抱到椅子上好吗?"玛丽急急地说,孩子父亲太弱,怕是抱不动。

给孩子包上绒布后,马西先生又上楼去拿下四只枕头来,把它们架在炉围杆上烘烘。然后他站在一边看母亲喂孩子,全然让孩子迷住了。

露易莎继续去准备饭菜。她也说不清为什么自己那样郁郁寡欢。林德里太太则像往常一样,默默地躺在一边注视他们。

玛丽抱孩子上楼去了,她丈夫抱着枕头紧随

其后。不一会儿,他又下楼来了。

"玛丽干吗呢?干吗不下楼来吃饭?"林德里太太问。

"她和孩子在一起。屋里挺冷,我得让女佣生个火。"说完若有所思地向门边走去。

"可玛丽还什么都没吃呢,恐怕要感冒的是她。"母亲愠怒地说。

马西先生看似闻而不知其声,可又望望岳母,说:"我这就给她送吃的去。"

说完,他出门去了。林德里太太气得在沙发上辗转反侧。露易莎则一脸怒气。不过谁也没言语,那是因为她们家花的是马西先生的钱。

露易莎上楼来了,看到姐姐正倚坐在床边读一张废报纸片。

"不下来吃饭吗?"妹妹问。

"一会儿就去。"玛丽平静、拒人千里地说,教人接近不得。

就是这一点最让露易莎恼火。她于是下了楼,冲母亲说:

"我出去一下。可能不回来吃茶点了。"

八

大家对她外出不置一词。她戴上那顶村民们十分熟悉的皮帽子,穿上那件旧风雪衣就走了。露易莎矮墩墩的,相貌平平。她的下巴厚重,随她妈;额头高耸,随她爸;而那双若有所思的灰眼睛则谁也不随,是她自己的,一笑起来,这双眼睛显得十分漂亮。大伙儿说得对,她这模样儿看上去阴沉沉的。要说她哪一点最顺眼,还得数她那一头浓密光亮的金发,可说是流金溢彩。这头美发长在她头上倒也说不上不般配。

"我这是去哪儿呀?"她来到雪野中,喃喃自语。她毫不犹疑地迈开了步子,不过那全然是身不由己，一直下了坡，朝阿尔德克罗斯老村子走去。谷地里林木森暗，矿井气喘咻咻，喷出一束束圆锥形的烟柱，高大笔挺，显得比山上的雪还白。不过，在这死静的空中，一束束烟柱还是显得影影绰绰。露易莎不知自己走向何方，直到到了铁路岔路口，看到被积雪压弯的苹果树枝垂向篱笆，才想起她必须去看看杜伦特太太。原来那些正是杜伦特太太家园子中的树。

现在，阿尔弗莱德又回到家中，与母亲一起住在大路下方的村舍中。白雪皑皑的园子很陡，从路边篱下和铁路交道口始铺展下去，就像一个坑的一面，直斜到墙根下。深陷其中的村舍因此得以遮蔽。屋顶上的烟囱刚刚与路面一般高。露易莎小姐踏着石阶下来，下到小后院中。这里一片昏暗隐蔽，存放煤油的小棚子上歪着一棵大树。身陷其中，露易莎颇觉得踏实。她叩了几下敞开的门，四下里张望着。园子从矿坑边开始变窄，像一条细蛇伸展过来，一片雪白，这景色令她想起不出一个月，园子里的黑豆果树丛下会冒出密实的雪花莲来。身后园子边上垂下的残破石竹花朵现在全披着雪被,一到夏天那洁白的花朵就会碰撞露易莎的面庞。她在想,花儿垂首蹭你的脸时你便伸手去采,那该有多惬意啊!

她又敲敲门。探头张望里面,看到厨房里深红的火光,炉火辉映着砖地和印花布做的椅垫子。这真是一幅明亮动人的景色。她走过洗涤池时发现,那张年历还挂在老地方。屋中空无一人。"杜伦特太太,"露易莎轻声呼唤道,"杜伦特太太。"

她又顺着砖阶拾级而上到了前屋,那儿仍旧摆着小柜台,台子上放着一捆捆的活计。她在楼梯下又呼了几声,仍没回音。她这才明白杜伦特太太出门去了。

她转身来到院子里,寻着那老妇人的脚印儿上了通往园中的小径。

她从树丛和悬钩子新枝下钻出,来到矿床旁。白雪笼罩着宽大的园子,园中光线昏暗,影影绰绰的树丛掩映在积雪中。左首上方,小小的矿山火车轰隆隆驶过。而身后则是一片树林子。

露易莎在裸露的小径上边走边左顾右盼,随之关切地叫了一声。原来是看到那老妇人正坐在白雪覆盖的卷心菜地中蠕动着,菜地中一片乱糟糟的。露易莎朝她跑过去,发现她正忍不住低声啜泣着。

"您这是怎么了?"露易莎叫着,一下子跪倒在雪地里。

"我——我——我正在拔一棵甘蓝根儿,就,哎呀,身子里头什么在撕扯我,疼死了。"老妇人连痛带惊,抽抽搭搭,上气不接下气地说,"这块儿疼,疼了有些日子了,这会儿它又犯了,哎哟!"她大口喘着,手捂住肚子歪下去,像是要疼昏了,一张脸在雪地里显得蜡黄。露易莎忙去扶她。

"这会儿你能自个儿走了吗?"她问。

"能。"老妇人长出一口气道。

露易莎扶她站起身来。

"拿上那棵菜,给阿尔弗莱德晚饭时吃。"杜伦特太太喘着气说。露易莎拣起甘蓝根儿,扶着老妇人艰难地走回了屋。她给老人倒上白兰地,扶她躺到睡椅上,说:"我这就去请大夫,请你等一会儿。"

说完她跑上台阶,到几码开外的小酒馆儿去。

老板娘见到露易莎小姐来,吃了一惊。

"您能马上给杜伦特太太请个大夫来吗?"她说,那口气有点像她父亲命令别人。

"怎么了?"老板娘惊讶地问。

露易莎朝路上瞟了一眼,看到杂货店的马车正朝伊斯特伍德驶去,就跑过去向车夫讲了几句请医生的事。

露易莎回屋时,杜伦特太太躺在沙发上,脸扭向一旁。

"让我帮你上床去吧。"露易莎说,杜伦特太太没表示不同意。

露易莎对劳动阶级的生活很是熟悉。她拉开橱子最下方的抽屉,找到几块抹布和绒布。她拿井下用的旧绒布垫着,抽出炉架子,包起来放在床上。又从儿子的床上扯了条毯子,跑下来,把毯子放在炉火前烤着。随后帮小个子老妇人脱去衣服,抱她上楼。

"小心别把我摔地上,当心呀!"杜伦特太太叫着。

露易莎没理会她,只顾抱着快步上楼。她无

法在这儿生火,因为卧房里没壁炉,地板是灰泥抹成的。她抓过那盏灯,点亮后放在角落里。

"灯光也能让屋里有点热乎气儿。"她说。

"是啊。"老妇人呻吟道。

露易莎又拿几块烤热的绒布,换下从炉架上取来的那几块。然后她做了一只麸皮袋子①,放在老妇人腰腹部,她那儿长着一个大肿块。

"我早就觉出来那儿长东西了,"老妇人低吟着,这会儿那地方不很痛了,"可我什么也没说过。我可不想给咱们阿尔弗莱德添麻烦。"

露易莎不明白,为什么"咱们阿尔弗莱德"就该不知道这事儿。

"几点了?"老妇人凄惨地问。

"差一刻四点。"

"哎呀!"老妇人悲呼,"再过半小时他就回来了,可是我饭还没做好呢。"

"我来做,行吗?"露易莎轻声问。

"菜在那儿,贮藏室里有肉,还有一只苹果

---

① 装满麸皮的布袋子,烤热后用来热敷,镇痛消肿。

馅饼热热就行了。不过，你可别做呀!"

"那谁来做呢?"露易莎问。

"天知道。"病恹恹的老妇人呻吟着，顾不上想这许多了。

露易莎还是做了饭。这时医生来了，认真地检查了一遍后，脸色很沉重。

"大夫，什么毛病啊?"老妇人抬头问，那可怜巴巴的目光中全无希望。

"长瘤子①的地方皮撕破了。"他说。

"唉!"她喃喃着转过身去。

"这样子，她会说不行就不行了，不过也许那瘤子会化掉呢。"老医生对露易莎说。

露易莎又上楼去了。

"他说那个瘤子兴许会自个儿化了，你就全好了。"她说。

"唉!"老妇人喃喃着。这话哄不住她。她又问："火旺吗?"

"旺。"露易莎说。

---

①科学不发达时人们对不明原因的肿块均称瘤子。医生一般不予手术。

"他需要屋里火旺旺儿的。"杜伦特太太说。露易莎忙去照管炉子。

自打杜伦特死后,这寡妇就很少上教堂了,露易莎一直对她很友好。姑娘心中吃准了:没有哪个男人像阿尔弗莱德·杜伦特这样打动过她的心,她认准他了。她的心是属于他的。为此她和他这个爱挑剔、讲求实际的母亲之间也自然相互同情起来。

阿尔弗莱德是这老妇人最宠爱的儿子,可他仍像几个兄长一样任性、盲目,只顾自己。像别的男孩子一样,中学一毕业他就死活要下井当矿工,这是使自己尽快成为男子汉与其他男人平起平坐的唯一途径。这个选择令其母心寒,她本希望让小儿子成为一个绅士的。

尽管如此,儿子对她的感情始终如一,那份感情很深,但从不溢于言表。她什么时候疲倦了,什么时候添了顶新帽子,儿子都看在眼里。有时他也为她买点小东西。他其实很依恋母亲,这一点,母亲却看不出。

他并不令母亲打心里感到满意,因为他看上

去不那么有男子气。他时而爱读读书,更爱吹吹短笛。看他为了吹准音调,头随着笛子一点一点的样子,她就觉得好笑、开心。这叫她对他生出柔情、怜悯的慈爱来,但绝非敬重。她对男人的要求是矢志不渝,不受女人的影响,一心进取。可她知道,阿尔弗莱德依赖她。他参加唱诗班,是因为爱唱。夏季,他在园子里干点活儿,喂喂家禽喂喂猪什么的。他还养鸽子呢。周六他会去参加板球队或足球队的比赛。尽管如此,在她眼中他还是不像条汉子,不像他的几个兄弟那样是独立自主的男子汉。他是她的宝贝疙瘩——她为此疼爱他,可也为此有点恨他不争气。

渐渐地,母子二人之间产生了点对立情绪。于是他开始像几个兄弟一样酗酒,不过不像他们那样喝起来不要命,他还是喝不糊涂的。母亲见此情景,真是可怜他。她是顶疼他了,可又对他不满意,因为他离不开她,就是不能自行其是。

再后来,他在二十岁上偷跑去当海军了。这下子把他练成了个男子汉。他恨透了当兵服役、逆来顺受。几年中他一直同那个受着军规约束的自我进行斗争，要挣回自尊，他是怀着一腔的无名火、羞耻感和压抑的自卑感抗争着。最终他摆脱了屈辱和自恨，获得了内心的自由。而对被他理想化了的母亲的爱则一直支撑着他的希望和信念。

他终于回家了，已经是小三十的人了[①]，但仍像个孩子一样幼稚单纯。只有沉默这一点是早先不曾有的，那是在生活面前表现出的无言的谦卑，因为他惧怕生活。他几乎是纯洁无瑕的一个人，过于敏感，总是见女人就躲。男人们之间常聊点性什么的，但不知何故从不对准具体的女人。他时而与想象中的女人放纵；但一见到真女人，他就深感不安，唯恐避之不及。若有女人接近他，他会敬而远之，避之千里。可过后他又会为此深感耻辱，内心深处自觉不算个男人，或者说不算个正常男人。在热那亚，他同一个下级军官去过一家酒馆儿，那儿常有些下等女子光顾，寻找情人。他手把酒杯坐着，那些女子看着他，但没人过来找他。他知道，即便她们过来找他，他也只会为

---

①十九世纪末的海军军人一般都要服役十年。

她们买吃喝,因为他可怜她们,为她们缺吃少穿担忧。但他不会跟她们中的任何一个走,他为此常感到羞愧,看着那些扬扬自得、浑身激情的意大利人身不由己地往女人身上凑,心中不禁妒火横生。他们才是男人,而他则不是。他坐在那儿,像是矮人三分,感到像个人见人躲的讨人嫌。离开小酒馆儿,一路上幻想着自己跟某个女人交欢,越想越觉过瘾。可果真有女人送上门来,他又会因为她是个血肉之躯而不敢造次。如此无能,像是断了主心骨一般。

在国外时,有好几次他出去喝酒后,跟伙伴们去逛正式营业的妓院,可那种龌龊卑劣的场景又教他惊疑不已。真是无聊,毫无意义。他感到自己患了阳痿症,不是肉体上的阳痿,而是精神上的阳痿:并非实际上的阳痿,而是内心的阳痿[1]。

他心怀这个秘密回家来了,那陌生、不安分的自我依旧折磨着他。海军训练练就了他一副好

---

[1]这一段描写与《虹》中有关汤姆·布朗温早期性生活的描写十分相似。

身板。他意识到自己身材健美,很为此骄傲。他游泳、练哑铃以保持健美。除此之外他还打板球、踢足球。他读了些书,开始有了自己的信念,这一套是从费边社①的社员们那里学来的。他吹起短笛来是把好手儿,人们公认他是个内行。但耻辱与短处仍旧像溃烂的伤疤一样长在心灵深处。他外表虽然健康快乐,可内心却痛苦;表面上自信优越,心里是自惭形秽。他想变得残忍以求改变自己,仅仅是为了获得解脱,摆脱这种耻辱与难堪。眼看一些矿工毫不畏惧地一往直前扑向自己的目标求得满足,他不禁暗自妒忌他们。一切,他真想不惜一切去获得这种自然冲动和冒失,直奔目的,满足自己的欲望。

---

①费边社,一八八四年成立于伦敦。费边主义即其派别奉行的一种意识形态,主张用温和渐进的方式实现社会主义。这种思潮对工党的成立产生过影响。

九

在井下干活并非让他感到不快活。人们都很喜爱他。感到与众不同的倒是他自个儿。他似乎是在掩饰自身的污点。即便这样,他心里还是吃不准,大伙儿是否真的不拿他当傻瓜,觉得他没他们那么有男子气从而看他不起。于是他外表装得很有男子气,这一招竟把他们蒙住了。对此,他很吃惊。他生性活泼,所以一干起活来就显得快活,在井下他感到自在。他们光着膀子干活儿,干得浑身热烘烘、黑乎乎的,时而蹲着聊上几句。凭着安全灯的微光看人只能看个模模糊糊。四下里采下的煤渐渐隆起来,巷道里一根根木头撑柱看上去就像低矮、黑暗的庙宇里的房柱。随后拉煤的小马到了，年轻的马夫会从隔壁七号坑道带个口信儿或从马槽里带一瓶水来，有时也会传点井面上的新闻。这么一天下来，日子过得挺快活。白天里在井下干活儿，气氛很轻松愉快。一群男人与世隔绝关在井下，相互间充满哥们义气，心情舒畅。在这个危险的地方，他们什么活都干，挖煤、装车、修复掌子面，坑道中隐约弥漫着神秘与冒险气氛。这一切对他来说并非不迷人，让他不再那么渴望井上的空气，不再畅想大海了。

这一天，活儿很多，弄得杜伦特无心闲聊，整个下午自顾默默干活儿。

"放工"时间到，大伙儿拖着沉重的双腿来到井口下面。井下办公室粉刷过的白墙十分耀眼。人们熄了灯，一群人围坐在竖井口下。黑乎乎的水珠子顺着井壁流到污水坑中。远处，电灯在主坑道上闪烁着。

"是下雨了吗？"杜伦特问。

"下的是雪。"一位老工人说。小伙子听后很是高兴，他就喜欢上井时天下雪。

"这场雪赶在圣诞节前下了,真是时候,是不?"老人问。

"嗯。"杜伦特回答。

"圣诞晴,坟头儿多。"①另一个人念叨起一句谚语来。

杜伦特闻之笑起来,一笑就露出小尖牙来。

罐笼降了下来,这群人排上了队。这时杜伦特发现打了眼儿的笼拱顶上有雪花儿,心中一阵高兴。他幻想着:雪花儿下井走一遭是否也很开心。可是,这些雪花转眼间就跟污泥水混在一起变成了黑泥汤子。

他喜欢自己身边的一切,因此常常面带微笑。可这微笑下面却藏着许多怪想法儿。

升上地面后他几乎感到眼晕,因为雪光刺眼的缘故。顺着井台边走过,把灯交还给办公室后,他再一次置身于开阔的空间中,白雪的世界在闪亮,他情不自禁笑了。黄昏的天光下,两边的山峦呈

---

① A green Christmas, a fat churchyard. 这是英文谚语。green 做"无雪"讲,"fat churchyard"意为墓地新埋进更多死人。西方人盼圣诞节下雪有如中国人盼春节除夕下雪一样。

现出淡青色,树篱则看上去凋敝暗淡。铁路中间的雪地让行人踩得一塌糊涂,一路上尽是赶路归家的矿工们黑黑的身影。但在他们前方,远处的积雪仍旧平缓,一直铺展到黑墙一般的矮灌木丛边上。

西半天上呈现出一抹粉红,一颗巨星朦朦胧胧地高悬空中。脚下矿区的灯光[①]一片暗黄,照亮了四周的建筑。老阿尔德克罗斯村那边,一排排房屋中流曳着灯火,在淡青的暮色中明灭。

杜伦特走在矿工们中间,心中充满了生机和喜悦,大家都因为有了这场雪而兴冲冲地打开了话匣子。他喜欢和他们在一起,喜欢这雪白的暮色世界。走到园门,他停下脚步,看到路基下方家中的灯光辉映着沉静淡蓝的雪地,他的心不禁微微发颤发热。

[①]一九〇七至一九一〇年间,伊斯特伍德矿区已开始通上了电。

十

　　铁道边大门旁的栅栏上开着一扇小门,他锁了这扇门。现在他开门时注意到从厨房里射出来的灯光一直照到外面的灌木丛和雪地上。他想,这是一支蜡烛,怕是要点到天黑才换上油灯吧。他顺着陡径滑到平地上,他喜欢在平缓的雪地上首次留下脚印儿。随后他才穿过矮灌木丛走向家里。屋里的两个女人听到他在屋外的刮板①上刮沉重的靴子底,又听到他开门时的说话声。

　　"妈,靠点蜡能省几滴煤油?"他喜欢亮点的

---

①住家门外安放的一块金属刮板,用来刮去鞋底上的泥垢。

油灯光。

他放下瓶子和盛午饭的布包,正要把大衣挂在洗涤间门后,露易莎出来了。他吃了一惊,随之笑了。

他眼睛里刚刚露出笑意,便忽地沉下脸来,他害怕了。

"你母亲刚刚出了点事儿。"她说。

"怎么回事?"他大声问。

"在园子里。"她说。他手持外衣犹豫片刻,然后挂上,转身进了厨房。

"她上床了吗?"他问。

"上了。"露易莎小姐说,她发现很难骗过他。他默不作声,走进厨房,沉沉地坐在父亲那把旧椅子中,开始脱靴子。他的头挺小,形状很漂亮。那头棕发,长得密实而硬挺。这副样子,无论出什么事,看上去都显得快活。他穿着厚毛头布裤子,散发着井下的腐臭味,换上拖鞋后,他拎着靴子进了洗涤间。

"怎么回事?"他恐惧地问。

"是内伤。"她回答。

他来到楼上,母亲见他来了,显得还算平静。露易莎能感到他的脚步在震动着楼上卧室的泥灰地。

"您干什么了弄成这样?"他问。

"没什么,孩子,"老妇人艰难地说,"没什么。你别担心,儿子,比起昨天和上周来,今儿个的事儿真不算什么。大夫说我伤得不太厉害。"

"您干什么来着?"儿子问。

"我正拔一棵白菜,我猜是劲儿使过了。因为,哦,真疼啊——"

儿子赶紧看她一眼。她忙挺了挺身子。

"可是谁又不会说疼就疼一下子呢?每个人都会有这种时候,孩子。"

"可是,伤哪儿了?"

"我也不知道,"她说,"不过我猜没什么大不了的。"

墙角里的大灯罩着一个墨绿色灯罩,幽光中看不清她的脸。他此时真是百感交集,吓得浑身缩成一团,眉头紧蹙。

"您干吗要为棵白菜拼老命呢?"他说,"地都冻得硬邦邦的,你还拔呀拔的,非要了你的命不可。"

"反正得有人去干这个。"她说。

"那也不能把自个儿弄伤了呀。"

这些等于白说。

露易莎在楼下听得一清二楚,心不由地沉了下去。看起来这母子二人是争不出个所以然的。

"你真以为没什么大不了的,妈?"沉默片刻后他又恳切地问。

"是没什么大不了的。"老妇人痛苦地说。

"我可不想让你——你——受——受罪,你知道的。"

"去吃饭吧。"她说。她知道她活不长了,而此时又疼得厉害。"他们是在娇惯我呢,是看我老了才这样的。露易莎这姑娘不错,她快把饭做好了,你赶紧下去吃吧。"

母亲这样打发他走,令他感到自己又蠢又羞。他不得不转身离开,心中十分难受。他下了楼,母亲也高兴了,她好一个人呻吟出声儿了。

他又开始照老习惯先吃饭,后洗澡。露易莎

在张罗晚饭，干这事儿教她感到新奇又激动。她浑身紧张，试图弄明白他和他母亲的心思。她看着他，可他却别过头去，不看晚饭而是去看炉火。她是在用心观察他，想看清他是个什么人。他的脸和胳膊又黑又糙，像个陌生人，脸上蒙了一层黑煤灰。她看不清他，也不能理解他。棕色的眉毛，专注的目光，紧闭的双唇上粗拉拉的小胡子，她只熟悉这些。至于他是什么人，裹着一身煤灰坐在桌旁，她看不出来，这令她心痛。

她又跑上楼去，旋即拿了法兰绒布块和麸皮布袋下来烘一烘，因为杜伦特太太的伤又疼了起来，需要镇痛。

这时他正吃到一半。他放下叉子，突然感到一阵恶心。

"这能镇痛。"她说。他看看，自觉无用，只能干看着插不上手。

"她疼得很厉害吗?"他问。

"我想是的。"她说。

此时他真是手足无措，话都说不上来。露易莎很忙，又上楼去了。此时那可怜的老妇人正痛得脸色煞白，冷汗津津。露易莎忙东忙西，为她解除疼痛，心里着实替老妇人难过，不禁脸色阴沉。忙了一会儿，她坐下来，守着。老妇人的疼劲儿渐渐过去了，慢慢昏睡过去了。露易莎仍旧在床边默默坐着。这时她听到楼下的水声，随后又听到老妈妈微弱但口气强硬的声音："阿尔弗莱德一个人洗身子呢，他需要人替他搓搓背——"

露易莎不安地听着，想弄清这老女人话里的意思。

"不搓背他就难受得慌——"老妇人一心想着儿子，没完没了地说。露易莎忙起身去擦掉她发黄的额头上的汗珠子。

"我这就下去。"她安慰老妇人说。

"那就麻烦你了。"老妇人喃喃道。

露易莎又等了一会儿。杜伦特太太闭上眼，表示这儿没事了。露易莎转身下了楼，她，或那个男人，他们有什么重要的？关键是要替那生病的老妇人着想。

阿尔弗莱德正光着膀子跪在炉前地毯上，伏

在一只大泥瓦盆①上洗着身子。他每天吃了晚饭后，都要这样洗洗。他的几个哥哥以前也这样做。但屋里这一切对露易莎来说却是陌生的。

他在动作单调地往头上搓肥皂，搓起白沫来，一下又一下，无意识地搓着，还不时用手抹抹脖子。露易莎在看他洗，她一定要正视他。这时他把头扎进水中，涮净肥皂沫，再抹去眼里的水。

"您母亲说你需要别人帮你搓背。"她说。

真奇怪，她竟要介入到人家的日常生活中去，这让她有多么难受！露易莎觉得她是让人逼着干这种亲昵的勾当，几乎要令她恶心。这事儿多俗气，像是硬把人往一起赶似的，让她没了主心骨儿。

他扭过脸来，很是滑稽地朝上看着她，弄得她不得不板起脸来。

"他倒着看人的样子多么逗人啊。"她想。无论如何，她和那些不相干的人感觉不同。他的胳膊就泡在黑水中，连肥皂沫都黑乎乎的。她几乎无法认为他还是个人，他无动于衷地照老习惯在

---

①这种泥瓦盆的内侧上了釉子。

黑水中摸索着，捞出肥皂和布块，递给身后的露易莎。随后，他直愣愣听话地等待着，两只胳膊直挺挺地插在水中，支撑着沉重的身子。他身上的皮肤白皙无瑕，如同不透明的白玉石一般。露易莎看出来了，他这个人就像这种皮肤一样。这样子颇令她着迷。于是她渐渐地不再感到隔膜，不再畏缩不前，躲避同他和他母亲的接触。这里成了活生生的生命中心，教她感到心中热乎乎的。这健美洁净的男人肉体教她寻到了某种归宿。她爱他，爱他那白皙的身子散发出的超人热量。不过，他那让阳光晒红的脖子和耳朵则更有人的气息，让人感到好奇。她感到心中涌起一股柔情，她爱他，甚至爱这奇特的耳朵。他这个人成了她亲爱的人。她想着，放下毛巾，上了楼，一时间心绪不宁①。这一生中她只熟知一个人，那就是姐姐玛丽，除此之外的人全是生人。可现在她的心就要敞开了，她要结识另一个知己了。这令她感到惊奇，感到

---

①"心绪不宁"这一句，据有的学者认为是与《圣经》呼应。天使加百列预言处女马利亚圣灵感孕将成为耶稣之母，马利亚听后"心绪不宁"。见《路加福音》第一章第二十六至三十八节。此处暗喻露易莎身心相许。

内心充盈①。

"他肯定舒服多了。"露易莎进屋时,那病中的老妇人自顾念叨着。露易莎没说话,此时她正心事重重,为自己的责任所累。杜伦特太太沉默片刻又惨兮兮地说:

"露易莎小姐,您千万别见怪啊。"

"这有什么?"露易莎说,她心动了。

"我们习惯这样儿了。"老妇人说。

这句话再一次教露易莎感到自己被排除在他们家的生活之外了。她痛苦地坐下,失望的泪水只能往肚里咽。怎么会是这样呢?

这时阿尔弗莱德上楼来了。他洗得干干净净,穿上了衬衫,现在看着像个工人样儿了。可露易莎觉得她和他就像两个陌生人,各有各的生活轨迹。想到此,她又感到失落。唉,要是她跟他的关系能定下来、不分开,那该多好。

"您现在感觉怎么样了?"他问母亲。

"好点了。"她懒洋洋、不动声色地说。她如

---

① "充盈"的英文 pregnant,是个双关语,主要是"怀孕"的意思。再次暗喻贞女马利亚圣灵感孕,暗示露易莎身心相许。

此令人奇怪地轻描淡写，拉开距离，只说让儿子安心的话，在露易莎面前把母子关系弄得很僵。阿尔弗莱德从而变得毫无用处，一钱不值。露易莎暗忖她是否失去了他。相比之下，这位母亲倒显得真实，儿子倒不那么真切。这令露易莎不解，心生凉意。

"我最好还是去叫哈里森太太来吧?"他说，等母亲做决定。

"我想我们是该找个人来。"她回答。

露易莎站在一旁，不敢介入他们的事。他们的生活中没她的份儿。除了是个来帮忙的外人，他们认为她与他们无关。他们无意中伤害了她，对此她无可奈何。可她还是忍了，坚持说："我留下来伺候吧，您这儿没人可不行。"

这话教那母子不好意思了。不知说什么才好。

"我们能想法子找到人来。"老妇人有气无力地说。事情到了这个地步，她已经无所谓了。

"我怎么也得待到明天再走，"露易莎说，"到那会儿再说吧。"

"怎么能麻烦你呢。"老妇人呻吟道。可她总得有人管才行。

露易莎算是被正式接受了,她为此感到高兴。她想分享他们家的生活。自然她自己家里很需要她,特别是因为玛丽一家回来住了,家里更需要她。但他们必须学会没她也能对付。

"我得给家里写个便条。"她说。

阿尔弗莱德·杜伦特看着她,随时待命听她吩咐。他自加入了海军服役,就变得会察言观色,随时听从吩咐。不过这种言听计从中仍显出某种主见来,露易莎喜欢他这一点。可她仍然感到难以接近他。他总是那么恭顺,讷于言敏于行,这样反教她弄不懂他是个什么人了。

他目光热切地望着她。她发现他的眼睛是金棕色的,瞳孔很小,是那种目力极远的眼睛。他警觉地站着,像军人那样待命。他的脸庞仍然透着风吹日晒过的黑红。

"你需要笔和纸吗?"他像对待上司那样毕恭毕敬地问,这比沉默还让她难以应付。

"是的,请给我纸笔。"她说。

他随之下楼去了，在她看来，他是那么内敛，一举一动都透着全然的自信。她怎么才能接近他呢？因为他是不会朝她这边靠近一步的。他只会全心全意地听她吩咐，乐于听她的，但是要与她保持相当的距离。她能看得出他确实高兴为她做点事儿，可如果她有所表示，他就会迷惑不解，甚至感到受了伤害。一个男人穿着衬衫在屋里转来转去，坎肩儿不系扣子，领口敞着，等待吩咐，这让她感到奇怪。他的动作很好看，似乎浑身充满了活力。她被他这种完美吸引住了。可是，当一切停当了，再不需要他了，她反倒不敢正视他，一见他那垂询的目光她的心就会发抖。

她坐着写便条时，他把另一支蜡烛挪近她。那强烈的烛光映着她的鬓发，照得沉沉的发卷熠熠生辉，像一片卷起的浓重金黄羽毛。她的后颈很是白嫩，布满了曲卷的金色汗毛。他盯着她的脖颈，如梦如幻，陶然忘机。她可望而不可即，那么精致的人儿，她就是令他难以企及的梦中人，仅看着她都会教人神魂颠倒。她与他毫无关系。他不敢斗胆去接近她，她坐在那儿，与他隔着一段美妙的距离。但是有她在这屋里,简直就教人觉得秀色可餐。虽然他为母亲深感痛苦不堪,可他仍能领略到今晚这屋里活生生的美好氛围。烛光辉映着她的秀发,令他痴迷。是的,他有点敬畏她,但是她与他们母子共处于这奇妙、令人难以言表的环境中,又教他感到些许振奋。一出了屋,他又感到后怕。抬头仰望,星光灿烂,脚下是皑皑白雪,又一个夜晚渐渐降临了,把他包围在夜色之中。他很怕,几乎感到被黑暗湮没了。这弥漫的夜色是怎么一回事?他又是谁?他认不出自己,也认不出四周这一切。他不敢去想他的母亲,可她的身影又在心中挥之不去,教他感到会发生什么。他无法从她身边逃脱,是她把他带入了一团无形未知的混沌之中的。

十一

他痛苦地走上大路,一肚子的迷惑不解,只觉得似乎有一块烧红的烙铁烙在胸口上。不知不觉中他摇摇头,竟有几滴泪水洒在雪地上。可他不信母亲会死,这时他想的是另一件更大的事。他到了牧师家,坐在厅里等玛丽把露易莎的东西放进一个包里,心里还在想,自己为何这样苦恼。在这座大宅第中,他感到羞愧寒碜,感到自己就像个小听差似的。玛丽同他说话时,他几乎要举手敬礼。

"是个老实人。"玛丽想。这种居高临下的感觉成了治她心病的一剂镇痛药。她是个有身份的人,所以她能赐恩悯人:她所能有的就剩下这点感觉了。她不能没有身份地活在世上。离开某种确定的地位她就无法有自信;不做一个上流妇人,她就无法有自尊。

阿尔弗莱德走到栅栏门前,他再一次感到伤心起来。这时他看到了新的天空景象。他伫立一会儿,望望北斗七星升上了夜空,又望望远处田野上明晃晃的积雪。这时心头的忧伤变得如同肉体的疼痛一般。他紧贴着大门,咬着嘴唇,喃喃着:"妈妈!"悲伤如此深重,割心剜肉般地疼痛,如同母亲的病痛在他身上一阵阵发作,是那样剧烈,几乎令他无法站立住。他不知道这疼痛来自何处,也不知为什么。这与他的思绪无关,几乎与他自身无关。只是这疼痛纠缠着他,他必须屈从于它。他心灵的潮水难以名状地汇成洪流,通向死亡,他被不由自主地裹挟着,思想与意识的碎片被卷进洪水,如一钱不值的东西。波涛涌过,又碎成珠玑,把他载得很远。小伙子醒过闷儿来后,走进屋来,立时变得兴高采烈起来。屋里的情景似乎教他兴奋了起来。他感到情绪高涨,莫名其妙地开了一通儿玩笑。他坐在母亲病床一边，露易莎坐在另一边，他们似乎都觉得开心。可谁知道呢，夜色中，恐惧正向他们袭来。

阿尔弗莱德吻过母亲就去睡了。脱了一半衣服，他又想起了母亲，立时痛苦像两只手一样紧紧地揪着他的心。他蜷缩在床上，好久不能放松自己，以至于他过度疲劳，连起身脱衣的力气都没有，就睡过去了。半夜时分他才醒来，发现自己都冻僵了。这才起身脱了衣服，钻进被子重又入睡。

差一刻六点时，他醒了，马上又想起了什么。他穿上裤子，点燃蜡烛举着进了母亲的房间。他用一只手挡在蜡烛前，以免烛光照在床上。

"妈！"他喃喃言道。

"哎。"母亲回答。

停了片刻他又问："我能去上班吗？"说完他等着回答，心跳得厉害。

"孩子，要是我是你，我就去。"

闻之他的心一沉，很是失望。

"你让我去？"

说着，他遮烛光的手落了下来，烛光立时照

在床上，借着光亮，他看到露易莎正躺在床上看着他。见到灯光，她马上闭了眼睛，把脸半埋进枕头中去，背对着他。他发现她的头发就像闪亮的雾气笼罩着她圆圆的头，两条辫子弯弯曲曲窝在被子里。此情此景颇令他吃了一惊。他伫立着，颇为坚定自信。而露易莎则缩成了一团。他的目光这时与母亲目光相遇了，他让步了，不再自信，不再有主心骨。

"对，去上班吧，我的孩子。"母亲说。

"那好吧。"他说完吻了母亲一下就走了，又失望又痛苦，心情很是沉重。

"阿尔弗莱德！"母亲有气无力地叫了一声。

他心情紧张地走回来。

"怎么了，妈妈？"

"你总是做该做的事，对吗，阿尔弗莱德？"眼见儿子要离开自己，母亲情不自禁地说，她怕了。儿子明白她这话的意思，因此感到十分恐惧。

"是的。"他回答。

她又向他转过脸颊。他吻了她，又走了。满怀着失望与痛苦，他上班去了。

十二

中午时分,他母亲去了。他是在坑道口听到她的死讯的,因为他心里早有准备,所以这噩耗并没令他震惊,可他还是浑身发起抖来。他十分镇静地往家走去,只觉得呼吸困难。

露易莎小姐仍然在家里。她已经把能做的都做停当了,她三言两语把情况对他说明白了,可她还是有点放心不下。

"你早就料到了,所以你并不太震惊吧?"她抬头看着他问。她目光沉静,黑黑的眸子审视着他。她也感到困惑,他这个人是那样莫名其妙,让人琢磨不透。

"我想，是吧。"他呆呆地说着，朝一边看去，他承受不住她凝视他的目光。

"我不忍心想你事先毫无预料。"她说。

这次他没说话。

他感到此时她在身边让他感到十分拘束。他想独自待会儿。亲友们开始到了，露易莎离开了，就没再来。迎来送往，忙东忙西，这对他倒没什么。只是隐约感到有些悲伤，但表面上还算平静，可独自一人时，他内心的悲伤会变得狂烈，一阵阵爆发如疯病一样。发作之后，他又会平静下来，几乎又清醒了，只是仍感到困惑。以前他从来不曾知道一切都会垮掉，连他自己也会崩溃，乱作一团，乱得一塌糊涂。似乎他的生命已冲破了其界限，他已经迷失在一片浩瀚惊人的洪荒中，无涯无际，杳无人烟的洪荒。他已粉身碎骨，随波逐流。他默默地喘息不止，随之痛苦又上心头。

吊唁的人都离开了矿坑边的这座宅院，只剩下这年轻人和一位上了岁数的管家，随之那没完没了的折磨又开始了。积雪化后冻成了冰，一场新雪随后又给灰暗的大地裹上银装，然后又化了。

世界一片灰暗，泥泞不堪。夜晚，阿尔弗莱德无所事事。他的生活中总是有些零碎小事。他并不明白，他是以母亲为中心、受着母亲吸引的，是母亲支撑着他。即使是现在，一旦老管家离开他，他会照老习惯做事。但是他生活中少了力量，失去了平衡。他坐着，装作读书，可双拳紧握，紧紧把握着自己，忍受着什么，他自己并不明白是什么。他在田间黑乎乎、湿乎乎的小径上走着，一直到累得走不动为止。他这不过是在逃避，逃避那个他非要返回的地方。干起活来他还行。若是夏日时分，他尽可以在园子里劳作，消磨时光，直至上床的时刻。可现在不行，他无处可逃，无以解忧，无人相助。他，或许天生来是敏于行，拙于思；重实干而轻体验的。现在他因着惊恐而无法行动，就像一个泳者忘记了如何游。

一个星期中，他都在竭尽全力忍受这种窒息和挣扎，后来他精疲力竭了，他觉得自己必须要摆脱这种状态。自我保护的本能变得十分强烈。可问题是，他该向何方？小酒馆儿对他来说没有任何意义，那地方去了没有好处。他开始想到移居国外,到了另一个国家他会感到好得多。于是他给移民站[1]写了信。

葬礼后的那个星期日,杜伦特家的亲人们都上教堂做礼拜时,阿尔弗莱德看见了露易莎。她显得漠然、拘谨。同她坐在一起的玛丽则一副傲慢、拒人千里的样子。林德里家别的人也在场,显得与众格格不入,阿尔弗莱德视其如远方的来客,毫不在意他们。他们与他的生活毫无牵连。做完礼拜,露易莎走过来同他握手说:

"如果你愿意来,我姐姐想请你哪天来吃晚饭呢。"

他看看玛丽,玛丽向他点点头。玛丽向露易莎提出这个建议,纯属发善心,嘴上这么说了,心里其实并不以为然,不过她对自己的想法也没太仔细分析。

"行,"杜伦特不自然地说,"我会来的,只要

---

[1]这类机构在十九世纪末的英国随处可见,当局鼓励人们移民到殖民地或自治领地如加拿大、南非和澳洲。劳氏的亲戚中有几位成了移民。而移民到北美则成了劳氏小说中经常的情节,如《白孔雀》中萨克斯顿家想移居北美;《查泰莱夫人的情人》中的麦勒斯也说过想移居加拿大的话。

你们欢迎我。"说着，他心里隐约觉得不对劲儿。

"那就明天晚上来吧，六点半左右。"

他去了，露易莎小姐对他很热情。因为家里有孩子，所以就没有放音乐。他双手紧握放在腿上坐着，沉默寡言，无动于衷。坐在这群人之间，他无言地冥想。他和他们之间没话可说。对这一点他们同他一样清楚。不过他心里很有主意，慢慢地熬着时光。林德里太太管他叫"小伙子"。

"坐这儿来好吗，小伙子？"

他坐过去了。叫他什么都行，他们跟他有什么关系？

林德里先生则用一种不寻常的语调对他说话。那语调透着慈爱，但不免有些居高临下。杜伦特对这一切都不挑剔，也不感到受了伤害，只是随它去。但他决不想吃什么，他感到在他们面前吃东西是件困难的事。他知道他这个人不合时宜，但他还是要尽自己的客人义务再待上一会儿，只能哼哼哈哈地寥寥数语回答问话。

离开牧师家后，他一脑子的困惑。这顿饭总算吃完了，他为此庆幸，说走就走，现在他更加渴望的是一走了之,奔加拿大。

露易莎小姐很痛苦,生他们所有人的气,也生他的气,可又说不出缘何恼怒。

十三

两天后的下午六点半,露易莎来到矿坑边的村舍,敲响了门。他已经吃完晚饭,女仆已经洗刷完回家去了,可他还一脸一身脏地坐着,等会儿他要去"新开酒馆"。最近他开始下酒馆儿了,因为他总得去个什么地方。他需要同别人有所接触,在嘈杂声和热腾腾的气氛中几个钟头说过就过。可他没动窝儿,他独自一人坐在空荡荡的屋子里,都坐得不大自在了。这时门响了。

开门时他仍旧一身煤灰。

"我一直想来看看,我想我该来的。"说着她朝沙发走过去。他在想,她为何不坐进母亲的圆扶手椅中。要是女佣坐进去,他会感到怒不可遏的。

"按说这会儿我是该洗过澡了。"他说着瞟一眼墙上的钟,钟上装饰着蝴蝶和樱桃图案,标着厂家的品牌"T·布鲁克思,曼斯菲尔德"。他的黑手在脏乎乎的袖子上蹭了蹭。露易莎看看他,发现他对她态度中的淡漠,她怕的就是这个,它使得她无法接近他。

"恐怕,"她说,"我请你去吃饭没请对。"

"我不太习惯这个。"说着他笑笑,露出两排稀疏的白牙来。他目光却在似看非看着。

"不是这个意思。"她忙说。她表情恬静优雅,深灰色的眸子里透着善解人意的目光。他有点怕坐在那儿的她了,因为他开始注意起她来。

"你一个人怎么过?"她问。

他的视线转向炉火。

"呃——"他不安地扭动着,话没说出口。

她沉下脸来。

"你这屋子真闷,火烧得这么旺,我得脱下外套。"她说。

他看着她摘了帽子，脱了外衣。她穿着奶黄色开斯米短外套，绣着金线边儿。他觉得这件衣服十分漂亮，领口和袖口都很熨帖。这身打扮教他赏心悦目，顿感心情松快不少。

"你想什么呢，连澡都忘了洗?"她颇为亲切地问。他笑着转过头去，黑脸上一对眼白十分醒目。

"噢，"他说，"我没法儿跟你说。"

一阵沉默。

"你打算一直保留这座房子吗?"她问。

他让她问得不安起来。

"我也说不上，"他说，"我说不准要去加拿大。"

她开始静静地聆听。

"为什么?"她问。

他又在椅子中扭动起来。

"呃，"他缓缓地说，"换个活法儿。"

"什么样的活法?"

"活路多了，种地，伐木或下井，我不太管它是什么。"

"你要的就是这个吗?"

他没想过,所以答不上来。

"我不知道,"他说,"试试才能知道。"

她感到他正离她远去,会永远离开她的。

"离开这座房子和这块园子你舍得吗?"她问。

"我说不准,"他不情愿地回答着,"我想我家弗莱德会住进来,他一直想住进来。"

"你不想安顿下来吗?"她又问。

他斜靠在椅子扶手上,转身向着她。她脸色苍白,神情沉郁,既沉静又淡漠。她的头发因着苍白的脸色更显得油亮。在他看来,她沉稳、坚定,在他面前总是那样。他心神不定,感到痛苦烦躁,连四肢都感到一阵阵抽搐,全是因为恐惧与痛苦所致。于是他扭过身去。这种沉默着实令人难以忍受。他不能忍受她再坐下去了,那简直教他五内俱焚,难以将息。

"今晚儿要出去?"她问。

"只去新开酒馆坐坐。"他说。

又沉默了。

她伸手去取她的帽子。她想不出再说点什么，只能走了。而他则坐着盼她走，图个松口气。她心里明白，如果她这样出去，就说明她输了。可她还是继续往头上戴着帽子，说走就走，她是让什么推着走的。

突然间，一阵剧痛有如电光从头通到脚，让她一时间失魂落魄。

"你让我走吗？"她压抑着感情说，但掩饰不住煎熬的痛苦，似乎这句话是不由自主冲口而出的。

他那脏兮兮的脸闻之变白了。

"为什么？"他身不由己地转向她，害怕地问。

"你让我走吗？"她重复着。

"为什么？"他又问。

"因为我想跟你在一起。"她强忍着一肚子火说。

他不禁动容，前倾着身子，死死盯住她的双眼。他深受折磨，思绪很混乱，不能自已。露易莎似乎僵如铁石，直勾勾地看着他的眼睛。一时间，他们双方的心袒露无余。是痛苦，教他们难以忍受下去了。他垂下头去,浑身微微战栗。

她转过身去拿外衣。她彻底死了心了。她的手在抖,可对此全然无知。她披上外衣,这时屋里的空气颇为紧张起来。离开的时间到了,这时阿尔弗莱德抬起头来了。他的眼睛如玛瑙一样毫无情感色彩,只有黑眼珠上透着痛苦。就是这目光迷住了她,教她失去意志,失去自我生命,她感到自己崩溃了。

"你是不需要我,对吗?"她无奈地说。

他闻之眼睛痛苦地抽动了一下,这表情令她瞠目。

"我——我——"他想说,可又说不出口。有什么东西在拉扯着他,从椅子上站起,靠近她。她伫立不动,如同被施了魔法,就像一头失去抵抗力的猎物那样。他不自信地试着把手放在她胳膊上,一脸的奇怪表情,那根本不是人的样子。她木然伫立。随之,他笨拙地张开双臂拥住她,粗粗拉拉地一味搂紧她在怀中,憋得她几乎失去知觉,他自己也几乎晕倒。

他紧紧拥着她,渐渐地开始感到天旋地转,

只觉得自己在倒下去，身不由己地倒下去；而她则小鸟依人地顺从，神魂颠倒，痴醉如死一般。这时他已感到天昏地暗了。待他们双双清醒，似乎是长睡初醒一般，这时他又明白了。

半晌，他的手臂渐渐松开，她松了口气，双臂搂住了他，像他刚才那样。他们紧紧拥抱着，无言地把脸掩在对方怀中以证实这是真的。她的双手在他身上抖得更厉害了，满怀爱心地把他拉入自己怀中。

最终她的脸从他胸前挪开，抬起头看着他，眼中泪光莹莹。他心领神会，却又感到恐惧。他是同她在一起，她发现他一脸的沉郁与困惑。但她认定他了。一时间她悲喜交加，泪如泉涌。

"我爱你。"她双唇颤动，啜泣道。他垂下头伏在她怀中，闻而不知其声，这突如其来的幸福与激动教他难以承受，几乎令他肝肠寸断。他们在沉寂中静默片刻，激情稍有缓冲。

她想看他。她抬起头来，发现他的瞳孔小而黑，目光奇特，炯炯有神。确实是奇怪的眼神，令她心折。他的嘴巴在向她的双唇贴近，渐渐地，她垂下眼睑,等他的嘴巴来寻找自己的嘴巴,愈来愈近了,直到全然为他的嘴巴封住。

他们就这样静默了许久,全然为激情、哀伤和死亡混杂的感觉所缠绕,心无旁骛,只是在痛苦中拥抱,相吻,那热吻中和着苦涩,恐惧变成了欲望。最终她松懈下来。他感到似乎心受到了刺痛,但仍觉得欣喜。他几乎不敢看她一眼。

"我很快活。"她这样说。

他握住她的手,心中感激和欲望交加。此时他还不知说什么好,只是欣慰至极。

"我该走了。"她说。

他不解地看看她,不懂她为何要走,他只觉得他们二人从此再也不能分开。但他又不敢强迫她,只是无言地捏紧她的手。

"你的脸黑乎乎的。"她说。

他笑道:"我的脸把你的脸给弄脏了。"

他们相互心存畏惧,不敢说话。他只能让她靠近自己。少顷,她要洗脸了。他去打了些热水来,站在一旁看她洗。他此时欲语还休,不敢开口,只眼巴巴地看她擦脸、梳理头发。

"他们会发现你的外衣给弄脏了。"他说。

她看看自己的袖子，不禁开怀而笑。

这笑声叫他满心自豪。

"你怎么办?"他问。

"什么怎么办?"她问。

他支吾着难以启口。

"拿我怎么办?"他说。

"你打算让我怎么办?"她笑问。

他把手缓缓伸向她。怕什么!

"先把你自个儿弄干净再说。"她说。

十四

他们愈往山上走,夜色愈浓。他们紧紧相依,觉得似乎这夜色也通人性,生机勃勃。他们默默地朝山上走着。最初,街灯还能照到他们的路,几个行人擦肩而过。他此时比她还害羞,只要她稍有松懈,他就会放开她的。可她不,她紧紧地抓住了他。

再往前,他们走入了田野中真正的黑暗里,他们不想说什么,只在沉寂中感到越来越近。他们就这样走到了牧师家大门口,站在枝干秃裸的七叶树下。

"我真不想让你走。"他说。

她哑然失笑，喃喃道："明儿再来，问问我爸。"

这时她感觉到他的手把她的手捏得更紧了，便同样哀怨同情地笑笑，吻了他，放他回家了。

回到家，那悲哀又一阵阵袭上心头，他一时间忘了露易莎，甚至忘了母亲，而正是因为母亲他才生出压抑，就像伤口中在发炎一样。尽管如此，他心里还是挺得住的。

十五

第二天晚上,他衣冠楚楚地去牧师家,感到这一步非走不可,也不去想象那是个什么情景。反正他不拿这太当回事。他相信露易莎,这桩婚姻是命中注定的缘分,他感到命运在保佑着他。他用不着担什么责任,露易莎的家人跟这件事也无甚关系。

他们带他进了小小的书房,里面没生火。待了一会儿,牧师才进来,语气冷漠、颇有敌意地问:"小伙子,我能为您做点什么?"

毋庸置疑,他全然知道了。

杜伦特抬头看着他,就像一个水手看其上司

一般,一副恭顺的样儿。但他心里什么都明白。

"我想,林德里先生——"他彬彬有礼地开口,但旋即脸色变白了。现在他觉得说出该说的话本身就是亵渎神明。他在那儿算干什么的?可他还是得继续站下去,因为非走这一步不可。他恪守着独立与自尊,决不能跋前疐后,他一定不能先替自己打算,这件事绝非他个人的事。不能有这种感觉。而应当把这件事当作自己最高的义务。

"您是想——"牧师再问。

杜伦特虽然此刻口舌干涩难以开口,但还是稳健地说:"露易莎小姐——露易莎愿意嫁给我——"

"是您请求露易莎小姐,问她愿不愿下嫁您,对吧——"牧师纠正他道。这令杜伦特想起,他还没有向她求婚呢。

"如果她肯下嫁于我,先生,我希望您,您不会反对。"

他笑了。这是个英俊的男人,牧师不会看不出。

"我女儿愿意下嫁于您吗?"林德里先生问。

"是的。"杜伦特正色道。说这话教他不无痛苦。他这时感到了他和这位长者之间与生俱来的敌意。

"到这边来好吗?"牧师说。他带杜伦特进了饭厅,玛丽、露易莎和林德里太太都在座。马西先生则坐在墙角,守着灯。

"这个年轻人是来向你求婚的吗,露易莎?"林德里先生问道。

"对。"露易莎说,眼睛则盯着杜伦特,只见他像军人似的直挺挺站着。他并不敢看她,但能意识到她。

"你这小傻瓜,怎么能嫁给个挖煤的!"林德里太太厉声吼着。她臃肿的身体裹在一件松垮垮的银灰色睡袍里,斜靠在沙发上。

"行了,妈。"玛丽叫道,声音不高却语气严厉,透着傲慢。

"你靠什么养活一个老婆?"牧师夫人粗鲁地问。

"我?"杜伦特回答道,"我想我会挣足够的钱。"

"好呀,你能挣多少?"又是那个粗鲁的声音。

"每天七个半先令。[①]"年轻人回答。

"以后还能涨吗?"

"我希望这样。"

"你们准备住在那间小破屋子里吗?"

"我想是的,"杜伦特说,"只要那屋子不坏。"

他并不太生气,只是有点憋屈,因为他们不认为他够格儿。他知道,在他们眼里,他不够格儿。

"那她就是个傻瓜,傻瓜才会嫁给你。"林德里太太粗鲁地叫着下了结论。

"别管怎么说,妈妈,这是露易莎的事,"玛丽明明白白地说,"咱们别忘了——"

"她自己酿的苦酒,自己喝呗,但是她会后悔的。"林德里太太打断玛丽的话说。

"不管怎么说,"林德里先生说,"露易莎也不该不管家里人的意见,想怎样就怎样。"

"爸,那你要怎样嘛?"露易莎厉声道。

[①] 相当于一周二镑五先令,一年一百一十七镑。这份工资在一八九〇年间算较高的了。矿工工资较之其他工种要高。

"我是说，如果你嫁给这个年轻人，我这牧师就不好当了，特别是如果你们还住在这个教区的话。假如你们远走高飞，事情就简单多了。可在这个教区，在我眼皮底下住在一个矿工家里，这简直不可能。我要保住我的职位，这个位子可不是无足轻重的。"

"过来，年轻人，"露易莎的母亲粗着嗓子叫道，"让我看看你。"

杜伦特唰地红了脸，走过去站住，但又不是十足的立正姿势，因此不知把手往哪儿摆。露易莎见他如此顺从默然地站着，很是生气。他该表现出男子汉样儿来才对。

"你能不能把她带得远远的，别让人们看见你们?"母亲说，"你们俩最好走远远儿的。"

"可以，我们可以走。"

"你想走吗?"玛丽明确地问。

他环视四周。玛丽看上去十分庄重，一派雍容。他脸红了。

"如果我们碍别人的事，我就走。"他说。

"如果只为你自己考虑，你还是想留下来吗?"

玛丽说。

"这儿是我的家,"他说,"那屋子是我出生的屋子。"

"那,"玛丽转向父母道,"爸,我实在不明白,您怎么可以提出那样的条件来。他有他的权力,如果露易莎想嫁给他——"

"露易莎,露易莎!"父亲不耐烦地叫着,"我不明白,露易莎为什么不能像个正常人那样呢?她怎么会只替自己着想,不把家放在心上?出了这种事已经够让人受的了,她就应该尽量做点补救的努力。如果——"

"可我爱这个人呀,爸。"露易莎说。

"而我希望你爱你的父母,希望你尽力别损坏他们的名誉。"

"我们可以到别处去生活。"露易莎说着,已经泪流满面。她终于感到自己受了伤害。

"哦,对,这很容易做到。"杜伦特忙跟着说。他脸色苍白,垂头丧气。

屋里一片死寂。

"我觉得这样的确是个好办法。"牧师喃喃道,他现在平静多了。

"很可能是个好办法。"那病中的老妇人沙哑着嗓子说。

"当然了,我觉得我们该为提出这样的要求向你道歉。"玛丽居高临下地说。

"不用,"杜伦特说,"这样对大家都好。"这事总算了了,他松了一口气。

"那,我们是在这儿宣布结婚呢还是去登记?"他字正腔圆地问,很像在挑战。

"我们去登记。"露易莎果断地说。

屋中又是一片死寂。

"随便,如果你们有自己的小九九儿,就悉听尊便吧。"母亲加重语气说。

马西先生则一直坐在昏暗的屋角中,没人注意到他。听到此,他才站起身说:"该看看孩子了,玛丽。"

玛丽站起身,迈着庄重的步伐走出屋去。矮小的丈夫尾随其后。杜伦特望着那瘦弱的小个子男人走出屋的背影,若有所思。

"那么,"牧师颇为和蔼地问,"你们婚后去哪儿呢?"

杜伦特怔了一下,说:"我在考虑移民。"

"去加拿大还是别的地方?"

"我想去加拿大。"

"呃,那太好了。"

又没人说话了。

"那我们可就不能常见到你这个女婿了。"林德里太太粗俗但又不乏亲善地说。

"是不会常见了。"他说。

说完他就告辞了。露易莎同他一起走到门口,沮丧地站在他面前,怯怯地说:"你不会太介意他们吧?"

"我倒没什么,只要他们别介意我就行!"说着他俯下身吻了她。

"咱们快点结婚吧。"她含着泪喃喃道。

"行,"他说,"明儿我就去巴福德。"①

---

①去安排结婚登记事宜。巴福德的原型为诺丁汉附近的巴斯福特。《白孔雀》中一对情人亦到"巴福德登记结婚"。